www.mayabook.co.kr

www.mayabook.co.kr

www.mayabook.co.kr

www.mayabook.co.kr

- 파그마의 후예 -

# 템빨

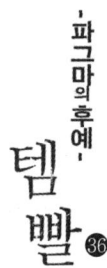

- 파그마의 후예 -
템빨 36

**지은이** | 박새날
**펴낸이** | 권순남
**펴낸곳** | (주)마야 · 마루출판사
**등록** | 2008. 1. 7 (제310-2008-00001호)

**초판 인쇄** | 2018. 10. 26
**초판 발행** | 2018. 10. 31

**주소** | 서울시 노원구 상계 1동 1049-25 신영산업 BD 602호
**대표전화** | 02-2091-0291
**팩스** | 02-2091-0290
**이메일** | marubooks@hanmail.net

**ISBN** | 978-89-280-1450-7(세트) / 978-89-280-9312-0
**정가** | 8,000원

잘못된 책은 교환하여 드립니다.
저자와 협의하여 인지를 붙이지 않습니다.

「이 도서의 국립중앙도서관 출판시도서목록(CIP)은 서지정보유통지원시스템 홈페이지(http://seoji.nl.go.kr)와 국가자료공동목록시스템(http://www.nl.go.kr/kolisnet)에서 이용하실 수 있습니다.」
(CIP제어번호:CIP2018033553)

- 파그마의 후예 -

# 템빨

## 36

박새날 게임 판타지 장편소설

MAYA & MARU GAME FANTASY STORY

## ✳ 목차 ✳

**제1장. 일본 도착** …007

**제2장. 성검 뽑기** …047

**제3장. 이제 시작** …093

**제4장. 영웅 깨기** …137

**제5장. 충격에 빠진 중국** …191

**제6장. PvP 결승** …245

**제7장. 드래곤** …275

제1장

# 일본 도착

# 템빨

"파(派)."

'스킬?'

어떻게, 무슨 수로?

배틀 필드 참가자 전원은 동일한 능력치의 캐릭터를 부여받은 상태다. 그들이 사용할 수 있는 액티브 스킬이라고는 단 하나도 없었다.

하지만 그리드는 등장과 동시에 스킬을 전개하고 있었다.

심지어 그 유명한 파그마의 검무였다.

Satisfy에 존재하는 레전드리 등급의 스킬이 배틀 필드에서 구현되는 것이다.

'버그……? 아니!'

춤사위를 펼치면서 다가오는 그리드.

그에게 위축되었던 수에론 일당이 번뜩 정신 차렸다.

그리드가 날려 오는 일격, 단순한 횡 베기에 불과했으니까.

그렇다.

그리드의 공격은 스킬이 아니라 평타였다. 단지 공격 모션에 검무를 섞어 놓았을 뿐!

"같잖은 속임수를!"

스킬을 쓰는 척하면서 우리를 동요시키다니, 질 낮은 수작이다. 애초에, 시스템상 존재하지 않는 스킬을 발현한다는 게 어디 가당키나 한가?

'너무 진지하게 연기해서 속을 뻔했다!'

템빨왕, 정녕 음흉한 놈이다. 머릿속에 능구렁이가 수백 마리는 든 듯하다.

'괜히 일국의 왕이 된 게 아니군……!'

치를 떤 수에론이 그리드의 공격을 방어하고자 검을 들었다.

한데.

'뭐?'

그리드의 횡 베기가 날아오는 도중에 궤도를 바꾸었다. 아래로 내려갔다가 다시 위로 솟구쳤다. 이름 그대로 파도의 기세였다.

'미친?'

츠카카카카카카카각-!

예상치 못한 변칙성 탓에 방어를 실패한 수에론과 그의 곁에 나란히 서 있던 다른 랭커 1명이 동시에 그리드의 검에 베인다.

[1의 데미지를 입었습니다.]

알림창을 확인하는 수에론의 동공이 격하게 떨렸다.

'이 정도 컨트롤 솜씨라니?'

그리드는 템빨러다. 그는 그저 아이템의 성능에 의존하는 인물에 불과할 뿐, 전투 소양과 자질은 낮다.

아이템을 활용하는 능력이 비범하다는 점은 부정할 수 없지만, 어찌 됐든 여기까지가 그리드에 대한 수에론의 평가였다.

하지만 지금 이 순간, 평가가 바뀌었다.

'1년 만에 여기까지 성장해……? 전투 자질까지 최상급이었다는 건가!'

하늘이 내린 천재.

'또 다른 천외천……!'

섬뜩!

수에론의 간담이 서늘해지는 이때.

'그리드가 내게 새로운 깨달음을 주는군.'

수에론을 베어 버리는 그리드의 검을 목도하는 크라우젤 또한 부척 놀라고 있었다. 그리드가 10여 권의 경전을 들고 나타났을 때 이상의 충격이었다.

'Satisfy에서 사용하는 스킬의 모션을 구현함으로써 공격에 실질적인 위력을 더하다니, 색다른 발상이다.'

그리드는 게임 속 스킬을 현실의 무술로 승화시키고 있는 셈이었다. 절로 탄복이 나왔다.

'그리드의 발상에는 확실한 근거가 있었을 것이다.'

Satisfy의 스킬은 현실적이지 않다. 물 위를 걷고, 바위를 부수고, 섬광처럼 이동하는 등.

그 초월적인 효과와 위력들이 현실 세계에서 발현된다는 건 어불성설이었다.

하지만 스킬을 사용할 때 전개되는 모션만큼은 전부 다 허황된 것이 아니었다. 어떤 모션들은 물리 법칙에서 크게 어긋나지 않았다.

슈퍼컴퓨터 모르페우스가 전 세계에 존재하는 무술 이론을 토대로 만든 모션들이었기 때문에 묘하게 현실적이며 충분히 실용적인 부분이 있었다.

'그리드는 파그마의 검무의 실용성을 간파했던 거야.'

하여.

'현실에서도 파그마의 검무를 구현할 수 있게끔 연습한 것이고, 뼈를 깎는 노력의 결실을 이곳 배틀 필드에서 거두게 된 것일 테지.'

훌륭하다.

그리드에 대한 크라우젤의 감상은 이 한마디로 요약할 수 있었다.

'그저 이름만 외치면 알아서 전개되는' 게임 속 스킬의 동작을 하나부터 열까지 일일이 외우고, 연구하고, 몸에 익숙해지게끔 노력할 시도를 하다니……

'평범함과는 확실히 거리가 멀어.'

지금 이 순간 증명된다.

그리드는 10수 앞을 내다보는 인물이라는 사실이.

"크라우젤!"

찰나라고 표현할 수 있을 만큼 잠시.

아주 잠시 상념에 잠겼던 크라우젤이 그리드의 음성을 듣고 정신을 차렸다.

다급히 소리치는 그리드의 시선은 크라우젤의 후방 우측면을 좇고 있었다.

이를 근거로, 크라우젤은 고개를 왼쪽으로 기울였다. 그러자 그의 얼굴을 창 한 자루가 지나쳐 갔다.

만약 크라우젤의 반응이 조금만 늦었어도, 그의 머리는 지금쯤 창에 꿰뚫리고 있었을 것이었다.

"…뒤통수에도 눈이 달려 있다는 소문이 진짠가 보네."

크라우젤의 회피를 보고 감탄을 넘어서 경악하는 그리드에게 크라우젤이 설명했다.

"순간적인 분석과 판단이 빠를 뿐이다. 몇 수 앞을 내다보는 너의 선견지명과 비교하면 잡기에 불과하지."

"선견지명?"

나한테 선견지명이 있다고?

'올해 들은 개소리 중 가장 개소리네.'

이 자식이 왜 괜히 놀리고 그래?

눈살을 찌푸리는 그리드에게 2발의 화살이 쇄도해 오고 있었다. 건너편 건물의 궁수들이 쏜 화살이었다.

푹푹!

[1의 데미지를 입었습니다.]

[1의 데미지를 입었습니다.]

"크……!"

그리드는 피하지 못했다. 원거리에서 날아오는 화살까지 일일이 반응할 정도로 여유 있는 상태가 아니었다.

방금 화살을 피한답시고 어중간하게 움직였다가는 수에론에게 연타만 허용했을 것이다.

"칫!"

순순히 화살을 맞아 주는 대가로 자신과 동료의 공격을 방어하는 그리드를 보면서, 수에론은 썩 불쾌하다는 표정을 지었다.

"이 영혼약탈자 수에론 님을 경계할 수밖에 없는 너의 입장을 모르는 건 아니다만, 피해가 계속 누적되는 걸 감당할 수 있겠느냐? 내 공격에만 신경 썼다가는 조만간 고슴도치가 될 거다?"

'아, 수에론이었나.'

수에론은 이미 진즉부디 그리느가 자신을 알아보았다고 믿었지만 자의식 과잉에 불과했다. 그리드는 그의 정체를 이제야 알았다. 또한 알게 되었어도 크게 의식하지 않았다.

Satisfy에서 수에론은 필시 위협적인 존재였으나, 이곳 배틀 필드에서는 전혀 달랐기 때문이다.

'폰, 레가스 같은 느낌은 아니지.'

쩌정-!

날아오는 수에론의 무기를 쳐 낸 그리드가 검을 회수하지 않고 내세우면서 전진한다.

"살(殺)."

푹-!

"살(殺). 살(殺)."

푹푹-!

"살(殺). 살(殺). 살(殺)."

푹푹푹-!

"으윽……?"

"뵈리."

"……?"

"페이크라고! 살(殺)!"

푸욱-!

그리드의 공격은 단순한 찌르기에 불과했다. 하지만 보통 찌르기보다 겉으로 보이는 기세가 흉포했다. 그리드가 찌르기를 할 때마다 꼭 한 걸음씩 전진하였기 때문이다. 칼이 가까워질 때마다 함께 가까워지는 그리드의 상체가 수에론에게 묘한 압박감을 주었다.

'이 자식, 찌르기 연습만 수만 번은 해 왔을 것이 분명하다.'

수에론은 그리드의 동작에서 능숙함과 자신감을 엿보았다. 그리드가 매일 꾸준히 검술을 연마해 왔음을 예상할 수 있는 부분이었다.

챙!

채채채채챙!

"컥!"

점차 그리드의 페이스에 말려들기 시작하는 수에론이었지만 일방적으로 당하진 않았다. 그리드의 공격을 최대한 막아내면서 예리한 반격을 날렸다. 하지만 끝까지 싸우지 못하고 도중에 큰 비명을 토했다. 건너편 건물에서 아군이 쏜 화살이 날아와 그를 찌른 탓이었다.

'실수겠지?'

나를 엄호하겠답시고 날린 화살이 표적을 잘못 맞힌 것일 터.

아군 궁수들은 지슈카와 달리 신궁이 아니었으므로 실수한들 뭐라 탓할 수도 없다.

생각하는 수에론이었지만, 어째 실수가 아닌 듯했다.

푹푹!

"이 새끼들이……!"

수에론뿐만이 아니라 다른 동료들 또한 건너편 건물에서 날아오는 화살에 얻어맞기 시작하고 있었다. 분위기가 요상했다.

"너희들, 무슨 짓이냐!"

이를 악물고 그리드를 밀쳐 낸 후.

건너편 건물의 아군들을 향해서 소리치는 수에론에게 즉각 답변이 들려왔다.

"너희가 쓸모없으니까 그렇지. 그냥 다 같이 죽어 버려."

배틀 필드의 제한 시간은 이제 10분이 채 안 남았다. 맵이 점차 좁아지고 있었다. 곧 하나의 건물만 남겨 두고 모든 구역이 소멸할 것 같았다.

그래서 건너편 건물에 남아 있는 6명의 궁수들은 합의를 보았다.

맵이 완전히 다 소멸하기 전에 그리드 일당을 비롯한 아군들을 모조리 해치우고 자신들끼리 승부를 보자고.

"개자식들!"

수에론 일당이 초조해졌다.

홀로 지슈카와 사투 중인 라우엘도 마찬가지였다.

'이렇게 시간을 오래 끌게 될 줄은 상상도 못했다.'

그리드가 너무 큰 변수로 작용했다.

설마 그가 혼자서 크리스 팀을 궤멸시킬 줄이야. 상상도 못한 라우엘이었다.

푹-!

챙!

채채채채채챙!

아비규환이다.

얽히고설킨 그리드 일당과 수에론 일당, 그리고 라우엘이 건너편 건물에서 날아오는 화살의 비에 휩쓸린 채 치열한 사투를 벌였다.

'아직 희망은 있다!'

수에론 일당은 아직 포기하지 않았다. 자신들보다 그리드 일당이 훨씬 더 지친 상태였기 때문이다.

'더 이상 물약도 남아 있지 않겠지.'

그리드 일당은 수십 명의 경쟁자들과 싸운 직후였다. 물약을 전부 다 소모했다고 판단해도 무방했다.

반면 수에론 일당에게는 아직 하나씩의 물약이 남아 있었다. 수적 우위의 힘이다.

[배틀 필드의 제한 시간이 7분 남았습니다.]

쿠르르르르르르릉-!

알림창과 함께 맵 일부가 소멸하기 시작한다.

이제 남게 되는 구역은 이 건물밖에 없었다. 건너편 건물도 붕괴하기 시작해서 궁수들이 빨랫줄을 타고 넘어오고 있었다.

그들의 모습을 확인한 수에론이 소리쳤다.

"어서 이놈들을 마무리하고 저 빌어먹을 배신자들을 함께 처리… 헉!"

2대, 3대 맞더라도 1회의 반격만 성공하면 된다.

적의 한정된 생명력은 이제 곧 고갈된다.

판단하며 기세등등하게 외치던 수에론이 입을 다물고 말았다.

쏴아아아아아-

푸른 책자를 펼쳐 든 그리드가 녹색 빛에 휩싸이고 있었다.

경전이었다.

"이 괴물……!"

입는 데미지를 토대로 직업이 성직자인 것은 추측하고 있었다.

또한 그리드가 다량의 경전을 확보하고 있었기 때문에 크리스 일당을 해치울 수 있던 것임을 눈치챘다.

하지만 아직 경전이 남아 있을 줄은 꿈에도 몰랐다.

경악하는 수에론의 목을 후방에서 날아온 검이 베어 버렸다.

크라우젤의 검이었다.

그리드가 2 대 1로 싸우면서 간신히 버티는 동안, 나머지

2인을 해치워 버린 크라우젤이 합류해 온 것이었다.

"슬슬 끝내도록 하지."

"허억… 허억… 그래, 제발 끝내자."

그리드와 크라우젤의 시선이 동시에 창가로 향했다. 빨랫줄을 타고 넘어오는 새로운 적들이 보였다.

그들을.

콰자자자자작-!

각자 검 대신 창을 꺼내 든 그리드와 크라우젤이 누가 먼저랄 것도 없이 찔러 버렸다. 동시에 같은 판단을 내리는 두 사람이었다.

그에 꼬챙이처럼 꿰뚫린 적들이 하나둘씩 추락했다.

소멸하기 시작한 지상으로 말이다.

"…항복할게요."

이제 남은 것은 그리드 일당과 자신밖에 없음을 깨달은 라우엘이 무기를 버렸다.

배틀 필드 최후의 생존자가 그리드, 크라우젤, 지슈카 3인으로 결정된 순간이었다.

잠시 후, 일본에 도착한 한국팀 대표들을 기다리는 것은 수백 명의 취재진과 만여 명의 일본 팬들이었다. 공항의 기능을 일부 마비시켜 버릴 정도로 엄청난 인파였다.

그들 대부분이 그리드의 팬이었다.

† † †

"맥주 한 잔."

캐나다, 레드디어.

앨버타주 남부에 위치한 소도시이다.

인구 8만의 이 작은 도시에서 검은 머리 이방인은 눈에 띄는 법이었다.

하지만 오늘만큼은 예외다.

〈배틀 필드〉 생중계의 영향으로 거리는 한산했고, 상가의 손님들은 대부분 TV에만 집중하고 있었다.

덕분에 흑발의 사내는 아무런 주목도 받지 않고 자리에 앉을 수 있었다.

높은 콧대와 흰 피부는 백인에 가깝고, 작은 입술과 덜 발달한 눈썹 뼈, 그리고 흑단 같은 머리카락은 동양인에 가까운 사내였다. 짙은 선글라스 너머로 언뜻 보이는 눈동자 또한 검었다.

한국인 아버지와 캐나디안 어머니를 둔 그의 이름은 레이.

Satisfy 아이디는 페이커다.

물론 사람들은 그의 정체를 몰랐다.

"그놈의 선글라스는 벗는 법이 없군. 요즘 발길이 뜸한데, 자주 오도록 하게. 제니퍼가 툭하면 자네의 안부를 묻는다니까?"

허름한 펍을 홀로 운영하는 중년인이 맥주를 건네면서 말한다.

괜한 오지랖으로 여긴 것인지, 아니면 본래부터 과묵한 성격 탓인지.

"……."

말없이 고개만 끄덕인 페이커가 맥주를 입에 가져갔다.

그의 시선 또한 다른 손님들과 마찬가지로 TV에 꽂혀 있었다.

"오우, 그리드의 움직임이 환상적이군."

"하지만 크리스가 한 수 위야."

"하하하, 크리스가 괜히 캐나다의 자랑이 아니지."

"힘내라, 크리스! 이 순간만큼은 그리드가 너의 왕이라는 사실을 잊어버려!"

손님들은 열광하고 있었다.

계단을 홀로 지키고 선 그리드의 무용에 찬사를 보냈고, 그를 압도하는 크리스의 솜씨에 흥분했다.

TV 속 그리드는 계속해서 경전을 읽고 있었지만 벅차 보였다. 수적 열세를 떠나서 크리스와의 실력 차가 너무 컸다.

'하지만 충분히 잘하고 있다. 생명력 안배에 조금만 더 노력을 기울이면 버틸 수 있을 거야.'

페이커의 감상이었다.

'작년의 그리드였다면, 배틀 필드에서 크리스와 맞수를

펼친다는 것 자체가 불가능했을 테지.'

정녕 빛나는 성장 속도다.

그리고 그 성장의 근본은 재능이 아니라 노력이었다.

'훌륭해.'

씨익.

페이커 본인은 자각하지 못하고 있었지만, 그는 그리드를 관찰할 때마다 미소 짓는 습관이 생겼다.

페이커가 자신을 이토록 각별히 주시하고 있다는 사실을 그리드가 알게 된다면 눈물까지 글썽이며 감격할 것이다.

노멀 클래스로 태양급 강자를 꺾은 실력자.

페이커는 태양 위의 태양이었고, 그리드에게는 동경의 대상 중 하나였으니까.

"뭐지?"

"크리스가 갑자기 왜 저러는 거야?"

페이커가 맥주를 절반가량 비운 시점이었다.

배틀 필드의 전개가 급변했다.

크리스에게 일방적으로 밀리는가 싶던 그리드가 갑자기 각성이라도 한 듯 크리스를 밀어붙이기 시작했다. 크리스가 수세에 몰리자 그를 중심으로 연계하던 다른 랭커들까지 혼선을 빚었고, 그리드는 승기를 잡았다. 적들을 차례차례 잿빛으로 산화시켰다.

페이커의 시선이 한 여성에게 꽂혔다.

크리스와 동맹을 맺고 있는 랭커 중 하나인 그녀의 아이디는 유라.

한국 대표다.

'그녀의 움직임이 크리스의 행동을 제약하고 있어.'

페이커는 정확하게 간파했다.

실제로 유라는 크리스를 방해하는 중이었다. 크리스가 그리드의 공격에 반응하려고 할 때마다 그의 진로를 가로막았다. 물론 노골적이진 않았다. 아주 미세한 움직임이었다.

현재 그녀가 크리스를 훼방 놓고 있다는 사실을 알아볼 수 있는 사람, 세상에 몇 없을 것이다.

전투 현장에 있는 사람들조차도 그녀의 꺼림칙한 의도를 읽지 못하고 있을 정도니까 말 다 했다. 오로지 크리스만이 그녀의 방해를 눈치채고 이를 갈았다.

"도련님의 위기로군……. 그리드 님에 대한 유라 양의 마음이 갸륵하구먼."

TV에 집중 중인 페이커의 귓가로 노인의 음성이 들려왔다.

힐끗, 고개를 돌려본 페이커가 내심 놀랐다.

흰 머리카락을 단정하게 쓸어 넘긴 노년의 신사.

지르칸.

한때 검사 랭킹 1위였으나, 어느 시점부터 자신의 성장은 뒤로하고 크리스의 육성에 열의를 다 바친 인물.

그는 크리스의 스승이었고, 자이언트 길드 7대장의 중심이었으며, 현재는 템빨단의 든든한 전력이었다.

"당신… 크리스를 따라서 일본에 갔던 거 아닙니까?"

페이커는 지르칸이 자신의 위치를 파악한 점에 대해서는 크게 놀라지 않았다. 크리스의 가문이 캐나다에서 얼마나 큰 영향력을 행사하는지 알았기 때문이다. 크리스 가문의 집사인 지르칸에게는 자신을 찾아내는 일쯤이야 손쉬운 것이다.

"이 나이에 장거리 여행은 쉽지 않거든. 괜히 쫓아갔다가 짐이 되느니 집에서 쉬는 편이 낫지 않겠나?"

허허 웃은 지르칸이 페이커의 건너편 자리에 앉았다. 지팡이를 내려놓고 무릎을 두드리는 모양새가 영락없는 노인네였다. 하지만 페이커는 코트 너머 그의 탄탄한 근육질 몸매를 엿봤다.

"그리드 님도 참 복 받으셨지. 저런 미인들의 사랑을 독차지하다니 말이야. 이거야 원, 내가 10년만 젊었어도 질투심을 느꼈겠군."

지르칸은 크리스를 훼방 놓는 유라에게 일말의 악감정도 느끼지 않았다.

같은 템빨단 소속인 이상 유라 또한 그에게는 소중한 동료였고, 무엇보다도 그녀의 그리드에 대한 절실한 마음을 엿본 까닭이다. 연륜이었다.

"사랑은 좋지. 암, 좋아."

코트를 벗어 단정히 접어 놓은 지르칸이 주인장에게 주문했다.

"여기 콜라 한 잔 주시게."

"네, 알겠습니다."

주인장이 지르칸을 무척 친절하게 응접했다. 단지 고령자라서가 아니다. 저 음침한 젊은이에게 친구가 있었다는 사실을 알게 되자 기뻐서였다.

"좋은 사람이군."

그래서 자네가 몇 년째 이 가게를 이용 중인 거구만, 이라는 말은 삼키는 지르칸이었다. 뒤를 캔 것을 광고해서야 좋을 리 없다.

"술자리에서 콜라를 먹는 건 양해해 주시게. 몸이 노쇠하여 알코올 분해 능력이 떨어졌거든. 술은 되도록 멀리하도록 노력 중이야."

연신 넉살을 떠는 지르칸이었다. 그에게 페이커가 단도직입적으로 물었다.

"그토록 힘든 분이 토론토에서 여기까지 찾아오신 이유가 뭡니까?"

"자네가 외로울 것 같아서."

"……?"

전혀 예상치 못한 대답.

이 노인이 뭐라는 거지?

드물게 당황하는 페이커에게 지르칸이 인자한 미소를 그려 주었다.

"자네는 누구보다 뛰어난 재능을 지녔고, 또한 누구보다 더 열정적으로 노력해 왔지. 그리드 님과 크리스 도련님처럼 자네 또한 양지에서 활약할 수 있는 실력자야. 메달도 우습게 따겠지."

"……."

"하지만 자네는 입장 때문에 음지를 지킬 수밖에 없잖은가. 그렇기에 올해 또한 국가 대항전에 참가하지 못했고."

"……."

"피가 끓어오를 게야."

맞다.

지르칸은 정확히 꿰뚫어 보고 있었다.

국가 대항전 시즌만 되면 페이커는 꿈틀거리는 욕망을 느꼈다.

대중들이 지켜보는 앞에서 그리드를 비롯한 실력자들과 멋진 승부를 겨루어 보고 싶었다. 자신의 존재를 세상에 널리 알리고 싶었다.

하지만 페이커는 스스로를 다스릴 줄 아는 인물이다.

"들끓는 피쯤이야 쉽게 가라앉힐 수 있습니다. 저는 알고 있거든요. 제가 굳이 양지에 나서지 않더라도, 이미 대중들은 저를 인식하고 있다는 사실을 말이죠. 그걸로 충분합니다."

"…훌륭하군."

지르칸이 흐뭇해했다.

"작년의 나보다 훨씬 나아. 이거야 원, 내가 나이를 헛먹은 건가?"

지르칸이 크리스의 교육에 열중하기 시작한 이유는 나이가 들었기 때문이다.

자신은 더 이상 대외 활동이 어렵다고 판단한 그는 크리스의 집사이자 스승으로서의 역할에만 전념하고자 마음먹었다.

하지만 이내 후회하고 말았다.

지르칸은 본인이 가늠한 것 이상으로 게임을 좋아했다. 대중 앞에 서기를 즐겼다. 자신의 은퇴가 너무 일렀음을 깨달은 그는 후회할 수밖에 없었다. 실력이 녹슨 탓에 작년 국가 대항전에 참가하지 못했을 당시 그가 받은 스트레스는 무척 컸다.

그래서 페이커를 찾아온 거다.

지르칸은 자신과 비슷한 고충을 느끼고 있을 페이커를 달래 줄 심산이었다.

하지만 이제 보니 쓸데없는 오지랖이었다. 페이커는 이미 중심을 잘 잡고 있었다.

"그 젊은 나이에 재능에 도취되지 않고 심력까지 성숙할 수 있던 것은… 역시나 조부의 피를 이어받아서인가?"

수십 년 전, 아직 한국이 e-스포츠 강국이라고 불리던 시절.

한국에는 전설적인 게이머가 수도 없이 많았고, 젊은 시절의 지르칸은 그들을 동경했다.

그중 하나가 바로 페이커의 할아버지였다.

공식적으로 밝혀진 정보는 아니지만, 페이커를 처음 만났을 당시 지르칸은 한눈에 알아볼 수 있었다. 페이커는 자신의 할아버지를 쏙 빼닮아 있었으니까.

"…재능은 조부에게 물려받았을지 몰라도."

대답하는 페이커의 시선이 TV로 향한다. 그리드가 미쳐 날뛰고 있었다.

"노력의 자세는 그리드에게 배운 겁니다."

거짓이 아니다.

페이커는 원래부터 부지런한 성격이었고 끈기가 충만했지만, 그래도 적정선이라는 것을 알았었다. 어떤 일을 하든지 상식에 위반될 정도로 과도한 노력은 기울이지 않았다. 한도라는 게 있었다.

하지만 그리드를 만나고, 그의 변화를 지켜보면서 페이커 또한 변했다. 이제 그의 노력에 한도는 없었다. 그렇기에 태양급 강자마저 꺾을 정도로 성장할 수 있었다.

"그리드가 있는 이상 양지에 욕심은 없습니다. 양지의 왕은 그리드에게 맡기고, 저는 음지의 왕이 되겠습니다."

"…패기마저 닮았는가."

추억에 잠겨 눈을 반달로 그린 지르칸이 주인장을 불렀다.

"여기 맥주 두 잔 주시게. 아무래도 나도 한 잔 해야겠어. 전설의 핏줄과 술잔을 부딪칠 수 있는 기회는 흔치 않을 테니."

† † †

"꺄아아아악! 그리드 사마아!"

"갓리드! 갓리드!"

"유라! 유라! 유라!"

"……."

입국 심사 후.

짐을 챙기고 있는 한국 대표들에게 공항 직원들이 달려왔다. 그리고 안전 구획을 확장할 때까지 잠시 대기해 달라는 요청을 보냈다.

'그때부터 이미 많은 팬들이 기다리고 있을 줄은 알았지만.'

아득한 인파를 확인한 극검이 혀를 내두른다.

'이건 상상을 초월하는구만.'

천 단위가 아니라 무려 만 단위다.

만 명이 넘는 사람들이 각자의 삶까지 뒤로하고 그리드와 유라를 만나고자 이곳에 달려와 모였다.

심지어 일본인들이 말이다.

극검은 괜히 자신이 뿌듯했다.

'역시 한국인은 위대해! 인구도 적은데 세계적인 위인을 잘도 꾸준히 배출한단 말이지!'

딱히 타국인을 비하할 의도는 없다. 그저 '객관적'으로 봤을 때 한국인이 타국인보다 뛰어나다고 느끼는 것일 뿐이다.

"음음."

대한애국협회장으로서 자부심이 느껴지는 극검이었다. 그가 연신 고개를 끄덕이면서 흡족해하는 이때.

"그리드 선수, 1년 사이에 컨트롤 솜씨가 비약적으로 발전했다는 평가를 듣고 계십니다. 실력 향상의 비결을 여쭤봐도 되겠습니까?"

"원래부터 잘했습니다. 단지 템빨에 묻혔을 뿐이지."

"템빨국이 서대륙 국가 중 최초로 제국과 동맹 관계를 구축했는데요. 이로 인해서 서대륙의 구도가 완전히 바뀔 거라는 것이 세간의 추측입니다. 제국이라는 든든한 뒷배를 얻은 지금, 템빨국의 행보는 어떻게 되는 건가요?"

"제국과는 동맹 관계가 아닙니다. 일시적인 휴전 협정을 맺었을 뿐이죠. 제국을 뒷배라고 표현하는 것은 옳지 않아요."

"일본의 문화 중에 좋아하시는 문화가 있습니까? 예를 들면 만화라든가요."

일본 도착 • 31

"야… 험, 험험, 야구 동영상을 좋아합니다."

"야구 동영상이요? 일본 야구 리그 영상을 일부러 녹화해 놨다가 보시는 겁니까?"

"아, 네. 그렇습니다. 일본은 대표적인 야구 성진… 아니, 선진국 중 하나이니까요. 관심을 갖고 즐겨 보고 있습니다."

"일본의 야구를 좋아하신다니, 일본인으로서 참 기쁘고 자랑스럽군요. 실례가 안 된다면 응원하는 팀을 여쭤 봐도 될까요?"

"에스ㅇ디?"

"네? 그런 팀은 없는데요?"

"그것참 아쉽… 아니, 질문이 동시에 쇄도하는 바람에 제가 잠시 헷갈렸습니다. 저는 모든 팀을 다 좋아하고 응원합니다."

"특정 팀을 응원하기보다 모두를 격려해 주시는 겁니까? 훌륭한 배려심을 갖추셨군요. 과연 일국의 리더답습니다."

"실례합니다. 저도 질문 좀. 좋아하시는 음식은 뭡니까?"

"쌈을 좋아합니다."

"일본에서도 인기 많은 불고기나 삼겹살을 싸 먹는 쌈을 말씀하시는 건가요?"

"캔 참치 싸 먹는데요?"

"……?"

"고기는 채소랑 먹지 않죠… 기껏 비싼 돈 주고 사 먹는 고기의 맛이 채소 맛에 가려지는 건 좀……."

그리드는 별의별 질문을 다 받고 있었다.

예전 같았으면 쑥스럽다거나 귀찮다는 이유로 대부분의 인터뷰를 거절했을 그였지만, 이제 그는 본인의 입장을 제대로 자각하고 있었다. 본인이 일국을 대표한다는 사실을 결코 잊지 않고 모든 질문에 충실히 답했다.

그 결과.

**〈상추, 캔 참치, 고추장 일시 품절. 스미마셍. 물량을 빠르게 확보하도록 하겠습니다. 아리가또 고자이마스.〉**

일본의 각종 마트와 편의점에 이와 같은 팻말이 붙었다. 일본에 새로운 한국식 요리(?)가 전파되는 순간이었다.

역대급 대스타의 파급력이다.

† † †

『도쿄돔 역사상 사상 많은 관광객이 모인 가운데 Satisfy 개막식이 열렸습니다.』

『만석을 이룬 도쿄 돔이 뜨겁게 불다오르고 있네요. 국가 대항전에 참가한 50개국의 1,500명 대표들은 하나같이 결의에 찬 표정을 짓고 있으며, 관중들은 그들에게 열광적인 응원을 보내고 있습니다.』

『국가 대항전은 의미가 크죠. 선수들의 입장에서는 부와 명예를 동시에 거머쥘 수 있는 기회이고, 그들을 응원하는 각국의 국민들에게는 대규모 버프를 획득할 수 있는 기회이니까요.』

『올해는 어떤 국가와 선수가 활약을 펼치게 될지 궁금합니다.』

『저는 새로운 스타의 탄생이 기대되는군요.』

『기존 상위권 실력자들의 존재감이 워낙 커서 새로운 스타가 배출되기는 어렵지 않을까요?』

『세상이 넓다는 걸 잊어선 안 되죠. 우리가 파악하지 못한 은둔 고수가 아직도 셀 수 없이 많을 거라고 저는 믿습니다. 아레스와 아그너스 같은… 그런 사람들 말이죠.』


Satisfy는 전 세계인이 즐기는 게임이라고 표현해도 손색이 없는바, 국가 대항전의 규모는 매해 필연적으로 확대되었다. 이에 따라서 참가 선수들의 마음가짐 또한 보다 진지해졌다.

대회 규모가 커진 만큼 보상도 커진 까닭이다.

금메달 획득자는 레전드리 등급 이하의 드롭 아이템, 혹은 신화 등급 이하의 제작 재료를 선택해서 얻을 수 있었으며,

은메달 획득자는 유니크 등급 이하의 드롭 아이템, 혹은 레전드리 등급 이하의 제작 재료를. 동메달 획득자는 에픽 등급 이하의 드롭 아이템, 혹은 유니크 등급 이하의 제작 재료를 얻을 수 있었다.

얼핏 봤을 때는 동메달 획득자에게 아무런 메리트가 없는 것처럼 보였다.

하지만 간과해서는 안 되는 부분이 있다.

보상 내역에 '성장형 아이템은 고를 수 없다'는 명시가 없다는 점이었다.

그렇다.

메달 획득자는 최소 에픽 등급의 '성장형' 아이템을 얻을 수 있다는 뜻이다. 그리고 에픽 등급부터 시작하는 성장형 아이템은 대부분 레전드리 등급까지 성장이 가능했다.

'반드시 메달을 따고 말겠다!'

이글이글!

선수 대표로 단상에 오른 통합 랭킹 1위 크리스가 선서를 진행하는 동안, 대열을 맞추고 선 각국의 선수들은 눈빛을 불태웠다.

그들 대부분은 초조함을 느끼고 있었다.

그리드와 크라우젤, 그리고 지슈카가 며칠 전 진행된 이벤트에서 우승하고 금메달 보상과 동급의 보상을 획득한 까닭이다.

안 그래도 강력한 그들 세 사람이 한발 더 앞서 나가게 됐단 사실이 다른 사람들에게는 커다란 압박감이 되었다. 지존이 되기 위해서 넘어야 할 벽들이 더욱더 높아졌으니 초조했다.

'특히 그리드의 아이템 제작 기술이 문제야.'

높은 등급의 제작 재료를 쓴다고 해서 무조건 높은 등급의 아이템이 제작되는 건 아니다. 제작 결과는 결국 확률적인 문제였다.

하지만 그리드는 예외라는 것이 사람들의 인식이었다. 전설의 대장장이인 그는 설령 레전드리 등급의 제작 재료를 쓰더라도 신화 등급의 아이템을 제작할 수 있으리라고 사람들은 추측하고 있었다. 그리드와 템빨단이 다량의 메달을 확보했다가는 템빨단의 전력이 기하급수적으로 상승할 거라는 것이 사람들의 우려였다.

물론 그건 크나큰 오해였다.

'나도 차라리 완제품을 얻을까?'

본래 그리드는 〈신수의 부산물〉을 원했었다. 주작궁의 재료가 된 주작의 숨결과 동급의 재료 말이다. 그리드의 목표는 제2, 제3의 주작궁과 열망의 무아검을 제작하는 것이었다.

하지만 신화급 제작 재료를 쓴다고 해서 무조건 신화급 아이템이 탄생하는 건 아니다.

대악마 벨리알의 부산물로 템빨단원들의 아이템을 제작

해 줄 당시, 그는 신화급 아이템을 단 하나도 제작하지 못했고 운 좋아야 레전드리 아이템을 제작했을 뿐이다. 재수 없을 때는 유니크 아이템을 제작했을 때도 있었다.

망할 수 있단 뜻이다.

'반면 레전드리 아이템을 성장형으로 얻을 수 있으면 확정적으로 신화급 아이템을 확보하게 되는 셈인데.'

개막식이 끝난 이후.

여전히 보상을 결정하지 못하고 있는 그리드에게 지슈카가 다가왔다.

햇살 아래 반짝이는 그녀의 붉은 머리카락과 구릿빛 피부는 더없이 매력적이었다.

"나는 주작의 숨결을 달라고 할 거야. 그리드 네가 그걸로 주작궁과 시너지가 좋은 아이템을 제작해 줬으면 좋겠어."

"주작의 숨결을 쓴다고 해서 무조건 신화급 아이템을 만들 수 있는 건 아니다. 그래도 괜찮겠어?"

"난 너를 믿어."

"……"

그리드의 심장이 두근 뛰었다.

미소 짓는 지슈카의 얼굴이 아름답다는 이유 하나만으로 이런 반응을 보이는 게 아니다. 그녀가 보내 주는 절대적인 신뢰가 그리드의 심금을 울리는 것이었다.

그녀 덕분에 그리드도 용기를 낼 수 있었다.

"좋아… 나는 청룡의 숨결을 받아야겠다."

그리고.

"2개의 메달을 더 따서 현무의 숨결과 백호의 숨결까지 얻어야지. 지슈카 너도 응원하마."

"응… 나도 항상 응원할게. 고마워."

지슈카의 미소가 더욱더 화사해졌다. 그리드의 존재 자체가 그녀에게는 큰 힘이었다. 태어나 누군가에게 이토록 의지해 본 적이 또 있을까? 그녀는 행복했다. 자신 또한 그리드에게 의지가 되고 싶었다.

"…그러니까 결혼을 해야 하는데."

"응? 뭐라고? 시끄러워서 못 들었어."

"아, 아니야. 못 들었으면 됐어. 혼잣말이니까."

지슈카의 얼굴이 시뻘겋게 달아올랐다. 아무래도 현실은 Satisfy와 달라서, 그리드의 실물을 마주하자 더욱더 긴장되는 그녀였다.

"그리드."

화기애애한 분위기를 연출하고 있는 두 사람에게 또 다른 미녀가 다가왔다. 태양처럼 밝은 지슈카와 달리 달처럼 고고한 유라였다.

"타국 선수들의 참가 희망 종목이 공개됐어요."

유라의 차가운 시선이 지슈카를 살핀다. 언제나처럼 가슴골이 훤하게 드러나는 옷차림을 하고 있는 지슈카가 그녀는 썩 마음에 들지 않았다.

"다들 대기실에서 기다리고 있어요. 어서 가죠."

선수들은 3시간 내에 참가 희망 종목을 교체할 수 있었다. 타국 선수들의 희망 종목을 확인하고 보다 나은 결과를 창출할 수 있게끔 회의하는 과정이 필요했다.

은근슬쩍 그리드의 손목을 낚아채는 유라의 모습을 확인한 지슈카가 아랫입술을 살짝 깨물었다. 미소는 유지하고 있었지만 눈빛에는 분명한 적의가 깃들었다.

"헤에, 같은 팀이라서 그런지 사이가 좋아 보이네."

"먼 이국땅에 사는 당신보다야 사이가 좋을 수밖에 없죠."

"단지 같은 나라에 살고 있다는 이유만으로 사이가 좋은 거라면 긴장해야 할걸? 내 한국 이민 프로젝트는 현재 진행형이니까."

"대량의 빚을 떠안고 있는 당신을 나라에서 쉽게 받아 줄지 의문이네요. 설마 불법체류자를 꿈꾸고 있는 건 아니겠죠?"

"웃……! 이번 국가 대항전에서 금메달 따고 빚쟁이 신세 면할 거라구!"

"가능할지 모르겠네요. 우리는 아마 같은 종목에서 경쟁하게 될 테니까요."

"방해하겠다는 거야? 흥, 좋아! 얼마든지 덤벼! 지옥에서 얼마나 대단해져서 돌아왔는지 확인해 주겠어!"

"당신, 숨도 못 쉴걸요?"

파직!

파지지직!

얼음장처럼 서늘한 유라의 시선과 불꽃처럼 뜨거운 지슈카의 시선이 허공에 얽히자 전류가 튀는 듯한 착각이 들었다.

서로에게 적대감을 보이는 그녀들의 중간에 선 그리드가 어리둥절해졌다.

'왜들 이래?'

그리드는 모른다.

지금 자신을 노려보고 있는 주변의 남성들이 어떤 심정일지.

† † †

올해 국가 대항전의 종목은 총 27개였다.

한 국가가 모든 종목에 참가해야 한다는 규칙은 없다.

각국의 선수들은 각자 자신 있는 종목에 참가하거나 비교적 경쟁률이 낮은 종목에 참가하는 식으로 메달을 넘봐야 했다.

그리고 S.A그룹이 선수들의 참가 희망 종목을 공개한 이유는 보다 다양한 전략과 변수가 창출되게끔 의도하기 위해서였다.

그 탓에 선수들만 골치가 아팠다.

다른 선수들이 희망 종목에 그대로 참가할지, 아니면 속임수일지.

이를 구분하여 출전 종목을 확정 짓기까지 선수들은 다양한 가능성을 열어 두고 회의에 임해야 했다.

"그리드, 너는 어느 종목에 참가할 거야?"

한국팀 대기실.

선수들의 시선이 그리드에게 집중됐다.

메달 획득률이 가장 높은 사람에게 종목 결정권을 우선적으로 넘기는 건 당연했다.

"음……."

미국팀 선수들의 참가 희망 종목을 살피는 그리드의 고민이 깊어진다.

크라우젤이 참가를 희망한 종목이 영 거슬리는 그였다.

"PvP 참가는 당연한 거라지만, 성검 뽑기는 뭔데?"

〈성검 뽑기〉는 3년 동안 꾸준히 국가 대항전 종목으로 채택되고 있었다. 하지만 비교적 비주류 종목으로 분류됐다. 게임 방식이 복잡하고 전개가 느려서 대중성이 낮았던 것이다.

"이거 머리 엄청 써야 하는 종목 아닌가?"

맞다.

성검 뽑기의 참가자들은 우선 성검의 스토리를 확인한

후, 스토리 속에 숨겨진 힌트를 쫓아서 성검이 원하는 인물상을 파악해야 한다.

그리고 성검이 원하는 인물이 되기 위해서 여러 가지 퀘스트를 진행하게 되는데, 그 퀘스트의 종류가 굉장히 다양했다. 전투 위주의 퀘스트뿐만 아니라 수수께끼 위주의 퀘스트도 많았다. 지식의 저변이 얕으면 섣불리 참가할 수 없었기에 그리드와는 조금도 어울리지 않는 종목이었다.

"크라우젤하고도 안 어울릴 것 같은데?"

이건 어디까지나 참가 '희망' 종목일 뿐이다.

그리드는 크라우젤이 실제로 성검 뽑기에 참가할 일은 없을 거라고 확신했다.

"이 녀석이 어울리지 않게 웬 페이크를……. 으음, 과연 크라우젤은 어느 종목에 참가할까?"

그리드는 크라우젤과 2개 종목 전부에서 승부를 겨루고 싶었다. 데미안의 기자회견 때문만이 아니다. 작년 PvP에서의 패배를 설욕하고 싶은 마음이 더 컸다. 작년에는 크라우젤에게 금메달 하나를 빼앗겼으니, 올해에는 배로 갚아서 2개의 금메달을 빼앗고 싶은 것이 그리드의 심리였다.

크라우젤의 참가 종목을 예상하고자 노력하는 그에게 유라와 극검이 말했다.

"크라우젤은 영리한 인물이에요. 성검 뽑기에 그보다 적합한 인물도 적죠."

"현재 레벨이 낮아서 온전한 전투력을 발휘할 수 없는 크라우젤의 입장에서는 성검 뽑기가 딱이지. 부족한 무력을 지력으로 충당할 수 있는 종목이 바로 성검 뽑기니까."

"…크라우젤이 똑똑해?"

"당연하지. 그가 랭킹 1위를 유지하던 기간에 보여 줬던 행보를 떠올려 봐. 보통 비범한 게 아니야."

"……."

아니, 그럼 진짜로 성검 뽑기에 출전하는 건가?

그리드가 조심스럽게 물었다.

"여기에 내가 나가면 어떻게 되지?"

"…그러지 마."

"……."

아무래도, 올해의 설욕은 PvP에서밖에 할 수 없을 듯하다.

그리드는 아쉬움과 안도감을 동시에 느꼈다.

사실 크라우젤과 대결해서 100퍼센트 승리할 수 있다는 보장은 없었으니까.

'이렇게 된 이상 다른 한 개 종목은 무조건 금메달을 획득할 수 있는 쪽으로 나가지.'

뭐겠는가?

당연히.

"그럼 난 PvP랑 대장장이 종목에 출전한다."

대장장이 종목에 출전한 것을 보고 사람들이 비웃을 수

도 있다. 크라우젤과의 승부를 너무 대놓고 피하는 것 아니냐면서 말이다.

'뭐, 비웃으려면 비웃으라지.'

그런 놈들은 어차피 뭘 해도 비웃게 마련이다.

결정한 그리드가 유라의 선택을 지켜보았다.

그리고 깜짝 놀랐다.

유라가 성검 뽑기와 표적 맞추기 종목을 선택한 까닭이다.

표적 맞추기는 일대일 PvP만큼이나 강자가 많이 출전하기로 유명한 경기였고, 성검 뽑기는 크라우젤이 출전한다고 하지 않았는가?

어째서 그녀는 위험을 감수하려는 걸까?

당황하는 그리드와 선수들에게 유라가 설명했다.

"금메달리스트가 될 가능성이 높은 사람과 경쟁해서 승리해야지만 한국의 종합 순위를 높일 수 있으니까요."

마음이야 알겠다.

"하지만 승산은? 유라 너는 우리의 최대 전력이야. 네가 금메달을 놓쳤다가는 타격이 너무 크다고. 너무 깊이 생각해서 괜히 승산 없는 싸움 하지 말… 웁! 우웁!"

우려하는 극검의 입을 그리드가 가로막았다. 그리고 흔들림 없는 눈빛을 하고 있는 유라에게 웃어 보였다.

"지옥에서 엄청 강해졌나 보네?"

그것도 크라우젤을 맞상대할 수 있을 정도로.

"믿고 응원할게."

그리드는 유라가 괜한 허풍을 치는 모습을 본 적이 없다. 그녀의 자신감을 조금도 의심하지 않았다.

"고마워요. 믿음에 보답할게요."

유라가 미소로 화답했다.

그 모습이 너무 예뻐서 그리드의 얼굴이 붉어졌다.

그때, 포식이불족발이 거수하고 있었다.

"나와 내 친구들은 단체전 2개 종목에 참가하도록 하지."

"오오, 그거 좋군!"

간신히 그리드를 떼어 낸 극검이 열광했다.

던전 제작자 포식이불족발의 능력이 단체전에서 상상 불허의 위력을 발휘할 것임을 쉽게 예상한 것이다.

세상 사람들은 올해부터 한국의 종합 순위가 하위권에 머물게 될 것으로 예상하고 있었지만, 그리드와 극검은 도리어 반대로 생각했다.

'어쩌면 올해는.'

'종합 순위 1위를 차지할 수도……'

희망찬 기대에 쐐기를 박는 인물이 있었다.

"나도 최소 동메달 하나쯤은 딸 수 있게끔 노력해 보지."

작년에 한국으로 이민 온 뒤부터 그리드의 곁을 지키고 있는 야수 인간 툰이었다.

"푸하하하하! 대한민국 만세다!"

극검이 신나서 춤을 췄다. 정작 자신은 무슨 종목에 참가해야 할지 결정도 못해 놓고서 말이다.

제2장

# 성검 뽑기

# 템빨

『전 세계 20억 Satisfy 플레이어 여러분! 여러분께서 그토록 애타게 기다리셨던 제3회 국가 대항전이 지금! 드디어! 시작! 합니다! 그 첫 번째 경기를 지금부터 함께 감상하시죠!』

"우와아아아아아아아!"

제3회 국가 대항전의 서막을 올리는 종목은 〈성검 뽑기〉였다.

성검 뽑기는 본래 대중의 관심이 적은 종목이었으나 올해만큼은 달랐다.

예년보다 3개월이나 늦게 열린 국가 대항전을 기다린 사람이 워낙 많아서였기도 하고, 성검 뽑기 참가자 목록에 검성 크라우젤이 이름을 올렸기 때문이기도 했다.

〈개막전부터 크라우젤을 볼 수 있다니! 이거 완전 두근거리잖아!〉
〈개막전이랑 폐막전만 골라서 출전하는 갓라우젤 님……. 괜히 주인공이 아니심……. ㅎㅎ〉
〈근데 성검 뽑기는 성검을 먼저 뽑는 사람이 이기는 경기 아닌가요? 검성이면 당연히 성검의 선택을 받을 테니까 시작하자마자 크라우젤이 성검 뽑고 우승하는 거예요?〉
〈에이, 아무리 그래도 그건 아니죠. 그럼 경기가 성립이 안 되잖음.〉

성검 뽑기는 아서 왕 전설의 유명한 일화〈바위에 박힌 검〉을 모티브로 삼은 종목이다.

바위에 박혀 있는 성검을 먼저 뽑는 사람이 우승하는 단순 규칙의 경기였다.

하지만 과정은 쉽지가 않았다.

성검을 뽑기 위해서는 특정 조건을 충족해야 했고, 그 조건이란 〈성검이 원하는 인물상〉이 되는 것이었다. 성검이 원하는 인물상이 되기까지 참가자들은 무력과 지력, 임기응변으로 미션을 돌파해 나가야 했다.

문무 양쪽에 능통해야 했기 때문에 참가자 입장에서는 무척 난이도가 높은 종목이었으나, 전개가 루즈해지는 경우가 종종 있어서 대중의 흥미는 쉽게 끌지 못했다. 아무래도 쉴 틈 없는 액션이 펼쳐지는 자극적인 종목보다야 인기가 적을 수밖에 없었다.

그 탓에 성검 뽑기에 참가하려는 사람은 드물었고, 제2회 국가 대항전 당시 성검 뽑기는 무명 랭커들의 장으로 전락하고 말았었다.

한데, 올해 성검 뽑기에는 검성 크라우젤과 데빌 슬레이어 유라가 참가한 것이다.

사람들의 기대감이 고조됐다.

"내가 성검 뽑기를 보면서 두근거리는 날이 올 줄이야!"

"근데 말이지. 크라우젤이야 검성이니까 성검 뽑기하고 왠지 잘 어울린다고 쳐도, 유라는 왜 굳이 성검 뽑기에 참가한 걸까? 그녀가 활약할 수 있는 종목은 따로 있지 않나?"

"흠… 아무래도 성검 뽑기가 경쟁률이 낮은 종목이다 보니까 메달을 안정적으로 확보할 수 있다고 판단한 거 아닐까? 올해 한국은 하위권에 머물게 될 텐데 메달 히나가 일마나 소중하겠어."

"지옥 달리기가 형평성 문제로 폐지된 게 그녀한텐 큰 타격이네."

"고르고 골라서 출전한 게 성검 뽑기인데 하필이면 크라우젤을 만난 거네. 재수도 없지. 저쯤 되민 불쌍히다."

대악마 벨리알 레이드에서 최고의 활약을 펼쳤던 사람 중 하나가 바로 유라였다. 하지만 그녀의 능력은 악마에 한해서만 강력하다는 것이 세간의 추측이었다.

또 실제로 그렇기도 했다.

불과 몇 달 전까지는.

† † †

성검 뽑기의 무대가 되는 〈브뤠톤 섬〉은 크게 3개의 구획으로 나뉜다.

첫째, 세이프티 존.

PvP가 불가능한 안전지대다. 플레이어는 이곳에서 서로를 공격할 수 없다. 〈바위에 박힌 검〉이 있는 중앙 구역이 세이프티 존에 속했다.

둘째, 라우풀 존.

PvP가 가능하지만 플레이어를 공격할 경우 〈범법자〉로 분류되어 〈수호자〉들에게 체포, 혹은 살해당할 수 있는 중립지대다. 성검의 힌트를 주는 NPC들이 살아가는 〈마을〉과 자원 회복 속도를 높여 주는 〈신전〉 등이 중립지대에 속했다.

브뤠톤 섬에는 총 9개의 마을이 있으며 마을 간 간격은

약 3킬로미터다. 신전의 위치는 미니 맵에 표기되어 있지 않다.

마지막으로 카오틱 존.

아무런 제약 없이 PvP가 가능한 혼돈 지대다. 세이프티 존과 라우풀 존을 제외한 브뤼톤 섬 전역이 카오틱 존이라고 보면 된다. 카오틱 존에는 네임드 보스를 포함한 다양한 종류의 몬스터가 대거 서식하므로 플레이어는 항시 주의를 기울여야 했다.

**〈검은 중요치 않다.〉**

"……?"

브뤼톤 섬 중앙.

성검 뽑기에 입장한 42명의 참가자들이 시작과 동시에 혼란에 빠졌다.

반짝이는 대리석에 직각으로 꽂힌 검.

은은한 광채를 흩뿌리는 그 성스러운 검의 하단에 떠올라 있는 한 문장, '검은 중요치 않다.'가 그들을 난감하게 만들었다.

아니, 명색이 성검을 장식하고 있는 구절이 왜 검의 필요성을 부정한단 말인가?

'아귀가 맞질 않잖아?'

참가자들의 머리가 잠시 굳어 버렸으나 모두가 그런 건 아니었다.

'자신에게 의존하지 않는 주인을 원한다는 뜻인가?'

'자신을 쥐어서 강한 자가 아니라, 본래부터 강한 자가 자신의 주인이길 바라는 건가요?'

크라우젤과 유라는 문장에 숨은 뜻을 즉시 파악하고 있었다.

스팟-!

두 사람이 동시에 움직였다.

스스로가 '강자'임을 증명하기 위한 수단이 무엇이겠는가?

간단하다.

전투다.

이와 같은 판단하에 안전지대를 벗어난 크라우젤과 유라는 혼돈 지대를 향해서 이동했고, 그 과정에서 서로 눈길이 마주치고 말았다.

스릉-!

자신과 반대편의 숲으로 진입하는 유라를 발견한 크라우젤이 무기를 뽑았다. 용의 뼈로 만든 은빛의 병기, 백아도였다.

'그녀는 위험하다.'

유라는 오랜 세월 동안 열 손가락 안에 꼽혀 온 강자다. 크라우젤 또한 당연히 그녀의 실력을 인정했고 경계했다. 초반에 처치해 두지 못했다가는 후환이 될 것을 뻔히 알았다.

하여.

스팟-!

유라가 그늘진 숲에 몸을 숨기기 직전.

백광보를 전개한 크라우젤이 그녀에게 몸을 날렸다. 햇빛의 굴절을 이용해서 반은신 상태에 돌입한 그는 은밀했다.

"앗! 유라가!"

관중들이 사색이 되었다.

얼굴만 봐도 기분이 좋아지는 미녀가 대회 개시와 동시에 탈락하게 생겼으니, 관중들의 입장에서는 낭패였다.

"크라우젤, 저 피도 눈물도 없는 놈!"

"그 냉혹한 면이 좋은 거야! 크라우젤, 이겨라!"

시작과 동시에 최대의 경쟁자를 척살하려 드는 크라우젤에게 누군가는 비난을, 누군가는 응원을 보낸다. 그들이 깔고 있는 전제는 공통됐다. 유라가 곧 죽는다는 것이었다.

그렇다.

관중들은 크라우젤이 유라를 손쉽게 해치울 것으로 예상했다. 크라우젤의 PvP 능력이 워낙 월등한 데다가, 그의 은신 보법이 은밀함을 더해서 신속하였기 때문이다. 유라는 눈치채지도 못하고 크라우젤의 접근을 허용, 그대로 치명상을 입게 될 것으로 보였다.

대기실에서 경기를 모니터링 중인 한국팀 대표 대부분도

생각이 같았다.

"크라우젤의 대인전 능력을 감당할 수 있는 사람은 거의 없어. 접근을 허용하는 순간 끝이야."

극검이 손톱을 깨물었다. 그는 유라가 어서 크라우젤의 접근을 눈치채고 총을 뽑아 들기를 바랐다. 그녀가 생존하는 유일한 방법은 크라우젤의 접근을 사전에 차단하는 것. 그 외에는 답이 없다고 생각했다.

반면 그리드는 달랐다.

'보여 주는 거지?'

그리드는 여전히 믿고 있었다. 소중한 동료가 표출했던 자신감을 말이다.

'힘내.'

유라는 지난 수개월 동안 지옥에 틀어박혀 있었다. 그녀는 고생한 만큼 반드시 성장해 있어야만 했다. 노력의 가치를 증명해야 했다. 만약 증명하지 못한다면, 누구보다 충격받는 것은 그녀 본인이 될 것이었다.

그리드가 유라를 응원하였고.

'당신의 믿음에 보답하기로 했지요.'

우연인지, 운명인지.

유라는 그리드에게 했던 약속을 떠올리고 있었다.

그리고.

스팟-!

싸움의 양상은 모두의 예상과 다르게 흘러갔다.

유라에게 접근한 크라우젤의 신형이 모습을 드러낸 순간.

"지옥 도약."

유라는 마치 알고 있었다는 듯이 반응했다. 스킬을 전개한 그녀의 몸이 적색 광체에 휩싸이는가 싶더니 자리에서 흔적도 없이 사라졌다.

'은신?'

텔레포트 계열 마법이 아닌 이상 사람이 사라지는 것은 불가능하다. 또한 텔레포트 계열의 마법은 마법사의 전유물이었다.

이를 토대로, 크라우젤은 유라가 눈앞에서 사라진 것이 단순한 눈속임이라고 판단했다. 그에 조금도 당황하지 않고 그대로 검의 궤적을 그렸다.

유라가 서 있던 지점이다.

크라우젤은 유라가 곧 피를 분출하면서 다시금 모습을 드러내리라 여겼다.

하지만.

부웅-!

"……?"

베는 감촉이 없다?

백아도는 허공에 괜한 잔광만 남겼고, 크라우젤의 가는 눈썹은 치켜져 올라갔다.

동시에.

스륵-!

크라우젤의 등 뒤에 작은 블랙홀이 생성됐다. 아무런 전조도, 소리도 없었기 때문에 천하의 크라우젤이라도 눈치챌 수가 없었다.

그리고 유라가 블랙홀 안에서 튀어나왔다.

"……?"

옷깃이 스치는 소리를 듣고 뒤늦게 이변을 감지한 크라우젤이 반사적으로 백아도를 뒤로 휘둘렀으나.

푹-!

크라우젤은 괴물이 아니다. 사람들이 생각하는 것과 달리 그의 뒤통수에는 눈이 달리지 않았고, 그가 휘두른 백아도는 유라를 베지 못했다. 초감각이 발동되기에는 유라의 기척을 너무 늦게 감지한 것이 문제였다.

반면 유라의 검은 크라우젤의 등을 정확히 꿰뚫었다.

"……!"

"……!"

『……!』

경기를 지켜보는 중인 선수들과 관중들, 그리고 해설진과 시청자 전원의 입이 동시다발적으로 크게 벌어졌다.

무엇보다도 놀란 사람은 크라우젤 본인이었다.

선공을 당한 것.

배틀 필드에서 라우엔과 폰에게 협공당했을 때와는 의미가 달랐다.

이곳은 Satisfy.

이곳에서 크라우젤은 완연한 존재였다. 하늘 위의 하늘이었다. 절대자였다.

한데, 암습을 당한 것도 아니고 전면전에서 선수를 빼앗기고 만 것이다. 플레이어 간의 대결에서 이런 경험은 처음이었다.

휘리릭-!

크라우젤이 드물게 당황하고 있는 사이, 유라는 검을 회수하는 동작에 회전을 싣고 있었다. 한 마리 백조처럼 우아한 동작이었다.

쐐애애액-!

원심력이 더해진 그녀의 연격이 크라우젤을 찌른다. 지옥에서의 경험을 토대로 습득한, 군더더기 없는 연속기였다.

까강-!

그라우젤이 간신히 방어에 성공했다.

유라와 정면으로 마주 보고 있는 지금, 그의 초감각 패시브는 왕성한 활동을 개시하고 있었다.

백아도를 세워서 유라의 공격을 막아 낸 그가 검성의 저력을 발휘했다. 검성이 되고 새롭게 습득한 〈무기 삼키기〉를 전개, 백아도와 맞물린 유라의 검을 회전시켜서 자신의 품으로 끌어당겼다.

그 탓에 상체가 앞으로 기울고 만 유라의 얼굴이 크라우젤의 얼굴과 맞닿는다. 두 사람의 거리가 입술이 닿아도 이상하지 않을 정도로 좁혀졌다.

"우오오오오오!"

"그리드보다는 크라우젤이랑 잘 어울리네!"

관중들이 선남선녀의 아찔한 연출에 흥분했다. 하지만 정작 크라우젤과 유라 사이의 분위기는 냉랭하기만 했다.

얼굴을 맞댄 두 사람이 특유의 무표정한 얼굴로 서로에게 속삭였다.

"그리드 외의 인물에게 이런 봉변을 당하게 될 줄은 몰랐군요."

"그를 각별하게 여기지 마세요. 영우 씨는 저에게만 특별한 사람이었으면 좋겠어요."

"하……?"

타앙-!

크라우젤의 검 삼키기 탓에 균형을 잃은 유라.

사람들은 크라우젤이 그대로 승기를 잡으리라고 판단했다. 유라가 반격을 허용하고 치명상을 입은 뒤, 기세를 탄 크라우젤에게 그대로 제압당할 것으로 보았다.

하지만 아니었다. 유라는 어느새 왼손에 총을 꺼내 쥐고 있었고, 미련 없이 방아쇠를 당겼다. 크라우젤의 검보다 총알이 날아가는 속도가 조금 더 빨랐다.

"큭······!"

지근거리에서 쏘아진 총알은 제아무리 크라우젤이라도 피하지 못했다. 이마에 흐르는 피가 그의 눈을 붉게 물들였다.

붉어진 시야에 담기는 유라.

그녀의 한 손에는 검이, 다른 한 손에는 총이 쥐어져 있다.

데빌 슬레이어의 레벨이 300을 달성한 시점부터 습득한 〈양손 사용〉 패시브 스킬의 위용이다.

"···재밌군."

연달아 2회의 공격을 허용한 크라우젤이 푸른 검기를 몸에 둘렀다.

이제 그는 유라를 '긴장해야 하는 경쟁자'로 인식하고 있었다. 그리드와 동급의 수준으로 상정한 것이다.

하지만 그는 유라와 전력을 겨룰 수 없었다.

"지옥 도약."

아무리 그래도 검성과의 전면전은 불리하다고 판단한 유라가 즉시 자리에서 이탈한 까닭이다.

적색 광체에 휩싸이며 사라졌다가 전혀 다른 구역에 생성되는 블랙홀을 토대로 재등장하는 그녀의 움직임은 크라우젤의 초감각으로도 쫓을 수 없었다.

마치 공간 그 자체를 도약하는 듯, 광체에 휩싸이는 순간 그녀의 기척은 완전히 삭제됐다. 블랙홀의 생성 전조도 없었다.

"…데빌 슬레이어."

멀어지는 유라의 뒷모습을 바라보는 크라우젤의 심장이 두근두근 뛴다. 그리드와 처음 겨뤘을 때 느꼈던 감정과 비슷한 감정이 그를 지배했다.

그리고…

"우와아아아아아아아!"

"유라! 유라! 유라!"

"아! 나의 여신님께서 드디어 돌아오셨다!"

전설 클래스로 전직한 이후 개성을 잃고 한동안 방황하던 유라가 옛 명성을 되찾았다.

더없이 화려한 귀환이었다.

† † †

툭.

맥없이 떨어진 검은 이물질이 대리석 바닥을 더럽힌다.

그리드가 쉴 새 없이 떠먹고 있던 초코 푸딩이었다.

"……."

한국 대표팀 대기실.

그리드의 넋이 나가 버렸다. 평소에는 비싸서 사 먹지도 못했던 푸딩을 바닥에 떨어뜨렸다는 사실조차 인지하지 못할 정도로 그는 제정신이 아니었다.

"갓리드? 이봐, 갓리드!"

극검이 그리드의 상태가 심상치 않음을 눈치챘다. 사색이 된 그가 그리드의 어깨를 붙잡더니 마구잡이로 흔들어 댔다.

걱정되지 않을 수가 없다.

대기실에 구비되어 있는 수많은 간식 중에서도 가장 비싼 초코 푸딩만 골라 챙긴 그리드 녀석, 그걸 벌써 6개 연속으로 꾸역꾸역 퍼먹고 있었으니까!

"거봐! 내가 뭐랬어! 여자도 아니고 남자가 당분을 한꺼번에 섭취하면 위험하다고 말했잖아! 근데 넌……! 근데 넌 그저 공짜라고 좋아서……! 이봐! 갓리드! 정신 차려! 내 눈을 보라고!"

'…상상하던 이미지랑 너무 달라.'

템빨왕 그리드와 그의 최측근 극검에 대한 사람들의 환상은 무척 깊다. 특히 올해 한국팀 대표로 참가한 젊은 랭커들에게 있어서 그리드와 극검은 영웅이자 우상이었다. 고상한 이미지를 상상하고 기대했다.

한데, 실제로 보니 상상과는 정반대의 인물들이었다. 동네에 꼭 한 명씩 있는 바보 형들 같았다.

 하지만 실망감이 들지 않는 건 왜일까?

 권위적이지 않아서일까?

 친근감 있는 모습이 편해서 도리어 더 좋다.

 "괜찮아. 잠깐 다른 생각을 했을 뿐이야."

 소란 속에서, 뒤늦게 정신을 차린 그리드가 다시금 모니터에 집중했다. 몬스터를 사냥해서 〈강함의 증명〉을 수집 중인 유라를 지켜보는 그의 입가에 짙은 미소가 번졌다.

 "정말로… 정말로 강해졌구나."

 사실, 함부로 내색하지는 못했지만 그리드는 유라를 걱정했었다.

 톱클래스의 자리를 고수해 왔던 그녀가 데빌 슬레이어로 전직한 이후 1년 이상 슬럼프에 빠져 있었으니, 얼마나 마음고생이 심했겠는가?

 '데빌 슬레이어…….'

 특정 콘텐츠에서만 독보적인 위력을 발휘하는 조건부 클래스.

 그것은 그리드 같은 무재(無才)와 평범한 사람들에게나 적합한 힘이었다. 유라처럼 다재다능한 인물에게는 도리어 독이었다. 다방면으로 활약할 수 있는 유라의 재능을 한 개 분야에 규제시켜 버리는 맹독.

 그리드는 유라가 전직을 후회하고 있는 게 아닐지 조심스럽게 추측하며 걱정해 왔다.

'…필시 후회했겠지.'

하지만 그녀는 내색하지 않았다. 누구에게도 의지하지 않고 홀로 인내했다. 그리고 급기야 스스로를 지옥의 구렁텅이에 떨어뜨렸다.

그 결과가 지금이다.

유라는 국가를, 성별을 대표하는 독보적인 최강자로 회귀하는 데 성공했다.

"수고했다."

그리드 또한 늘 노력해 온 인물이기 때문에 알 수 있다. 유라가 지금 이 순간을 위해서 얼마나 노력해 왔을지. 그렇기에 경외를 보냈다.

"갓리드……"

엄숙한 표정의 그리드에게 극검이 티슈를 건넸다. 손수건 따윈 없었다.

"입 닦아……"

[크리스탈 스켈레톤을 해치웠습니다.]

[〈강함의 증명〉을 모두 모았습니다. 앤드류 마을을 찾아가서 촌장을 만나십시오. 그가 〈성검의 노래〉의 두 번째 구

절을 알려 줄 것입니다.]

'크라우젤하고 동선이 겹쳐선 안 돼.'

크라우젤은 이미 증명을 다 모았을까? 아니면 아직 모으는 단계에 있을까?

유라의 계산에 따르면 당연히 전자였다.

'이대로 마을로 직행했다가는 크라우젤과 마주치고 말 거야.'

인정하고 싶지는 않지만, 같은 레전드리 클래스 전직자라고 해도 검성인 크라우젤 쪽의 전투 능력이 월등히 높았다. 앞서 잠시 충돌하였을 때 유라가 느꼈던 압박감은 상당한 것이었다.

유라는 총을 조금만 늦게 뽑았어도 자신이 그대로 당했을 가능성이 높다고 보았다. 크라우젤의 강함은 그녀가 상정한 것을 아득히 넘어서고 있었다.

'지옥 도약이 조금만 더 안정적이었어도…….'

유라가 데빌 슬레이어의 히든 퀘스트를 클리어해서 습득한 비장의 스킬 〈지옥 도약〉은 안타깝게도 자주 사용하기 어려웠다.

시전자의 몸을 일시적으로 지옥 '어딘가'로 이동시키는 스킬.

시전자가 지옥의 어디에 떨어지게 될지는 그 누구도 장담하지 못한다.

최악의 경우에는 대악마의 품속에 떨어질 수도 있었고, 지옥불 바로 위에 떨어질 수도 있었다.

실제로 30분 전, 크라우젤과의 대결 중에 지옥 도약을 사용했던 유라는 제15위 대악마의 성 바로 앞에 떨어졌었다. 성문을 지키는 적색 괴물과 눈을 마주쳤을 때 걸린 상태 이상〈절대 석화〉는 전설인 그녀조차도 완벽히 저항할 수 없었다. 신체 일부가 굳어서 민첩성이 큰 폭으로 떨어졌었다.

"하."

유라가 저도 모르게 한숨을 뱉었다. 같은 레전드리 클래스 전직자임에도 불구하고 크라우젤의 눈치나 살피는 본인의 신세를 한탄하는 것이다.

심지어 이쪽이 레벨도 더 높았다. 그녀는 국가 대항전이 시작되기 전에 300레벨을 넘긴 반면 크라우젤은 여전히 200 중후반대 레벨로 추정됐다.

그럼에도 불구하고 정면 대결에서 승산이 적었으니, 유라의 입장에서는 허망할 수밖에 없었다.

'…아니, 다 핑계야.'

클래스보다는 파일럿이 더 중요하다. 그 냉혹한 진실, 노민 클래스 신식자였을 낭시의 크라우젤은 그리드를 꺾음으로써 증명해 보인 바 있다.

'서두르자.'

일일이 크라우젤의 눈치를 살피면서 행동했다가는 성검

의 첫 번째 선택을 받지 못하게 된다. 크라우젤의 꽁무니만 쫓아다니다가 금메달을 놓치고 말 것이다. 그럼 굳이 성검 뽑기에 참가한 의미가 없다.

'크라우젤과의 승부는 피할 수 없어.'

현실을 냉정하게 깨닫고 마음을 다진 유라가 앤드류 마을이 있는 방향으로 달려갔다.

그리드의 응원이 행운을 불러 주기를 기원하면서 말이다.

† † †

"아, 저 둘 또 만났어."
"유라 불쌍해서 어쩌냐."
"이번엔 진짜로 위험한 거 아닌가?"

성검 뽑기가 시작되고 2시간 반이 지났을 무렵.

대부분의 참가자들이 〈성검의 노래〉의 세 번째 구절을 습득하고 있는 그때, 벌써 마지막 구절을 습득한 크라우젤과 유라는 또다시 조우하고 있었다.

어느덧 6번째 격돌이었다. 유라가 아무리 피해 다녀도 크라우젤은 끈질기게 쫓아왔다.

그리고 대결이 거듭될수록 크라우젤 쪽이 유라를 압도했다.

크라우젤의 전투 적응력은 타의 추종을 불허하는바, 반

복되는 전투 속에서 그는 데빌 슬레이어 고유의 특성을 완전히 파악했고, 이를 역으로 이용해서 유라를 철저히 무력화시켰다.

이제 유라는 잠시도 항거하기 힘들었다. 인외의 규격에 들어선 크라우젤의 검술 앞에 그녀가 선택할 수 있는 길은 후퇴밖에 없었다. 크라우젤과 마주치는 순간 뒤도 돌아보지 않고 지옥 도약을 사용했다.

그리고 그 과정에서.

"헉! 뭐야?"

"지금 마족을 소환한 거야?"

유라는 사람들이 깜짝 놀랄 만한 광경을 연출했다.

붉은 광체와 함께 사라졌다가 블랙홀을 통해서 재등장한 그녀의 어깨 위에 마물이 달려 있는 것이었다.

사람들은 당연히 그녀가 소환한 마물인 줄 알았다. 하지만 자세히 보니 마물은 그녀의 어깨를 물어뜯고 있었다.

'뭐지?'

해설진과 관중들은 물론이고 크라우젤조차도 작금의 상황에 낭황했다 유라가 어째서 저런 꼴이 된 건지 그 원리를 이해하기 어려웠다.

하지만 이내 어렴풋이 눈치챘다.

'설마, 그녀는 스킬을 쓸 때마다 이계에 다녀오고 있는 건가?'

처음부터 수상하기는 했다.

붉은 광체와 함께 사라졌다가 재등장할 때, 유라는 종종 상처를 입거나 상태 이상에 걸린 상태로 나타났으니까. 그녀가 사용하는 순간 이동 스킬은 일반적인 순간 이동과 궤를 달리하고 있음이 분명했다.

"너무 위험한 스킬 아닙니까?"

크라우젤이 다 알았다는 듯이 말하면서 유라를 떠보았다. 하지만 유라는 표정 하나 변하지 않고 시치미를 뗐다.

"무슨 말인지 모르겠네요."

서걱-!

자신의 어깨를 물어뜯고 있는 마물을 베어 버린 유라가 총을 꺼내 크라우젤을 겨눴다. 그녀는 지옥 도약을 충분히 사용할 수 있을 만큼의 자원이 회복되기까지 거리를 벌리고 시간을 끌 요량이었다.

그녀의 의도를 읽은 크라우젤이 거리를 좁히고자 시도했지만, 유라는 여류 플레이어계의 천외천이었다. 그에게 쉽게 거리를 내어 주지 않았다.

† † †

"아오! 크라우젤 저거 완전히 나쁜 놈이네!"

그리드가 극도로 흥분했다.

그냥 퀘스트를 진행하면 될 것을, 자꾸 굳이 유라를 해치려고 드는 크라우젤이 너무 얄미웠기 때문이다.

"그냥 둘이 금메달이랑 은메달 나눠 가지면 되잖아? 근데 왜 못 잡아먹어서 저렇게 안달이야?"

"유라의 실력을 인정하기 때문이겠지. 그녀를 살려 뒀다가는 자신이 금메달을 놓칠 수도 있다고 생각하는 거 아닐까?"

다른 선수들과 마찬가지로 경기에 집중하고 있던 포식이 불족발의 견해였다. 그의 곁에 나란히 앉은 한복 차림의 여성 비올라도 동의한다는 듯이 고개를 끄덕였다.

"저 아가씨, 너무 강하니까 말이지."

크라우젤이 한 수 위라는 건 분명한 사실이다. 하지만 크라우젤을 상대로 이토록 버텼던 사람이 여태껏 그리드밖에 없었다는 게 문제다. 사람들이 봤을 때는 둘의 실력 차이가 미미해 보였다.

"근데 저 지옥 도약이라는 스킬은 도대체 뭐지?"

"그러게. 단순히 사기급 이동 스킬이라고 생각했더니 몬스터를 달고 오고 말이야."

유라는 또 한 번 후퇴에 성공하고 있었다. 크라우젤로부터 달아나 숲에 숨어든 그녀는 일단 큰 위기를 모면한 듯 보였다.

안도한 그리드가 목이 바짝 마른 것을 느꼈다. 탄산수는 거들떠도 보지 않고 생수로 손을 가져가는 그에게 안전요원이 다가왔다.

"저… 손님이 찾아오셨습니다."

"손님? 누굽니까?"

한창 국가 대항전이 진행되고 있는 이때, 자신을 찾아올 만한 사람이 누굴까?

의아해하는 그리드에게 요원이 답했다.

"미국팀의 판미르 선수입니다."

"……?"

Satisfy 오픈 이래 쭉 대장일만 해 왔던 대장장이 랭킹 1위.

작년 국가 대항전에서 그리드가 대장장이 승부에 참가하게 만들었던 장본인이기도 하다.

'올해에는 참가하지 말아 달라고 부탁하러 왔나?'

작년 사건을 떠올리면서 피식 웃은 그리드가 대기실을 나갔다. 아무래도 판미르는 무시하기 어려운 상대였다. 그의 입지가 두려워서가 아니라 존중이었다.

그리드는 판미르의 장인 정신을 잘 알고 있다. 또한 전설의 대장장이로 전직한 자신 때문에 그가 느꼈을 박탈감도 헤아리고 있다. 여러모로 신경이 쓰일 수밖에 없는 상대다.

"오래간만이군요."

복도에 있는 판미르를 발견한 그리드가 먼저 인사를 건넸다.

판미르는 작년보다 흰머리가 늘어나 있었다. 하지만 워낙 탄탄한 몸매와 강인한 눈빛을 지닌 덕분인지 나이가 들어 보이진 않았다. 카이 15년 정도 젊었으면 이랬을까 싶다.

"단도직입적으로 말하지."

그리드의 인사에 목례로 화답한 판미르가 곧바로 본론을 꺼냈다.

"올해 승부에서는 내가 이길 걸세."

"……."

아니, 기껏 찾아온 이유가 고작 이거였어?

쓸데없는 일로 경기 관람을 방해받고 말았다. 불쾌함을 감추지 못하고 눈살을 찌푸리는 그리드에게 판미르가 말을 덧붙였다.

"하지만 내가 이기더라도 그건 내가 자네보다 뛰어나서가 아니야. 아이템을 일일이 수작업으로 제작해 온 자네의 장인 정신, 그리고 끈기, 이를 바탕으로 쌓아 올린 실력은 필시 나보다 몇 수나 위니까. 그럼에도 불구하고 내가 자네를 이길 수 있다고 말하는 이유는."

말을 멈춘 판미르가 얇은 책자를 꺼냈다. 대장장이 승부 종목에 대한 규칙이 서술된 가이드였다.

"주최 측의 농간 때문이지."

올해부터 대장장이 승부의 규칙이 바뀌었다.

작년까지는 모든 참가자가 '똑같은 도안'을 가지고 '똑같은 아이템'을 제작하는 방식이었지만, 올해부터는 참가자 개인이 '본인이 소유한 도안'을 가지고 '각자 원하는 아이템'을 제작하는 방식이었다.

가장 중요한 대목은 심사 기준의 변경이었다.

아이템의 능력치를 토대로 '종합적인 가치'를 심사했던 작년과 달리, 올해의 대장장이 승부는 아이템의 '등급'만을 본다. 무조건 높은 등급의 아이템을 제작하는 사람이 좋은 평가를 받게끔 심사 기준이 변경됐다.

성장형 아이템도 예외는 아니다. 아무리 레전드리 등급까지 성장 가능한 아이템일지라도 완성될 때 등급이 노멀이라면 메달과 작별하게 된다.

판미르가 올곧은 눈으로 말했다.

"자넨 이미 눈치채고 있겠지? 올해 대장장이 대회의 규칙과 평가 기준이 바뀐 이유는 순전히 자네를 견제하기 위함일세."

똑같은 등급의 아이템을 제작할지라도 그리드가 제작한 아이템의 능력치가 평균적으로 더 뛰어나다. 아이템 평가 기준을 능력치에 둘 경우 대장장이 승부에서 우승하는 사람은 그리드가 될 공산이 컸다.

주최 측이 아이템 평가 기준을 등급으로 바꿔 버린 이유가 바로 여기에 있었다.

"특정 선수를 견제하는 용도로 대회의 규칙을 바꿔 버리다니……. 자네의 입장에서는 부당하다고 느낄 만한 처사지."

"말씀하시고자 하는 게 뭡니까?"

"이번 대회에서 내게 지더라도 너무 상심하지 말라고 전하고 싶었네. 자네는 나보다 못해서가 아니라 주최 측의 농간 때문에 패배하게 되는 거니까."

"……."

대체 이게 무슨 자신감일까.

판미르가 선의에서 말하고 있다는 점이 가장 큰 문제였다.

그리드는 뭐라고 대꾸하기 난처해서 입을 다물 수밖에 없었다.

그에게 판미르가 씁쓸한 미소를 지어 보였다.

"나는 생산직 클래스 최초로 280레벨을 달성했고, 히든 퀘스트도 무려 3개나 클리어했어. 이제 나 또한 0.01퍼센트 확률로 레전드리 등급의 아이템을 제작할 자격이 생겼지. 그리고 내게는 최소 에픽 등급의 아이템부터 제작되는… 말도 안 되는 사기급 아이템 제작법이 있다네. 그러니까 마음의 준비 단단히 하시게나. 그럼 이만."

한참을 실컷 떠든 판미르가 자리를 떠났고, 혼자가 된 그리드는 머리를 긁적였다.

"그러니까 결론은, 나를 걱정해 주는 건가?"

판미르가 숭고한 장인 정신을 지닌 인물이라는 사실은 이전부터 알고 있었다. 하지만 이토록 자비롭고 섬세한 인물인 줄은 또 몰랐다.

'근데 이거 미안해서 어쩌나…….'

자비를 베풀 쪽은 판미르가 아니었다.

현재 시점의 판미르는 상상조차 못할 아이템 제작법을 그리드는 수두룩하게 보유 중이었으니까.

† † †

강한 맹수일수록 교만하지 않다. 맹수는 어린 토끼를 사냥할지언정 신중했다. 인내와 전력이 기본이었다.

하물며 같은 맹수와 겨룰 때면 사력을 다하는 것이 불가결이다.

철컥!

성검 뽑기 후반.

크라우젤은 유라를 저지하기 위해서 최선을 다하고 있었다.

자신과 마찬가지로 성검을 뽑을 자격을 획득한 그녀를 그는 무척 경계했다.

'기본 스탯의 차이 때문에 이동속도에 미세한 차이가 있다. 그녀가 세이프티 존에 진입하기 전에 꼭 처리해야 돼.'

크라우젤은 300레벨을 달성하지 못한 상태로 국가 대항전에 참가했다. 스탯의 3차 각성을 이루지 못한 그의 능력치는 전반적으로 부족했고, 바로 이 부분이 그를 집요하고 잔혹하게 만들었다.

허리춤의 칼집에 손을 얹은 크라우젤.

자신이 예측한 경로에 나타난 유라를 조준하고 백아도를 뽑는다.

검성의 궁극기 중 하나인 〈우주 검〉의 발현이었다.

스파앗-!

"……!"

크라우젤이 쏘아 낸 은빛의 검광이 대지와 강, 나무와 바위, 산과 하늘을 베어 버렸다.

그의 시야에 담기는 풍경이 모조리 양분됐다.

단 하나만 제외하고.

바로 유라였다.

그녀는 크라우젤의 검격이 자신에게 도달하는 순간 〈지옥 도약〉을 사용, 크라우젤의 궁극기를 무의미하게 만드는 기염을 토했다.

〈와……!〉
〈어떻게 저렇게 타이밍을 떡 맞추지?〉
〈소름 돋네.〉

관중들과 시청자들은 유라의 실력에 벌써 몇 번이나 감탄하고 있었다. 그들이 봤을 때 유라가 크라우젤보다 부족한 소양은 단 하나, 클래스의 차이밖에 없었다.

만약 데빌 슬레이어라는 클래스가 검성과 호각의 전투 능력을 발휘했다면, 그녀는 도망자의 입장이 아니었을 거라는 게 사람들의 생각이었다.

하지만 그건 어디까지나 범인의 시각이다.

크라우젤이라는 정점은 미세하게나마 모든 면에서 유라를 압도하고 있었다.

"도망치지 못합니다."

"……!"

블랙홀을 타고 재등장한 유라가 흠칫 놀랐다. 자신의 눈앞에 크라우젤이 서 있었기 때문이다.

'경로를 읽혔어?'

유라는 아차 싶었다.

'실수야!'

성검에 조금이라도 빨리 도달하고자 최단의 경로를 선택한 것이 문제였다. 크라우젤에게 심리를 훤히 꿰뚫리고 말았다.

초조함을 극복하지 못한 것이 패착이다.

서걱-!

유라의 떨리는 눈동자에 벼락처럼 떨어지는 백아도가 투영됐고.

[5,900의 피해를 입었습니다.]

유라의 가슴을 벤 백아도는 재차 승천하였다.

서걱-!

츠카카카카칵!

유라에게 공격을 한 번 적중시킨 크라우젤은 기세를 놓치지 않았다. 까다로운 궤도의 연격을 난무하여 유라를 난도질하기 시작했다.

"윽……!"

계속해서 베이는 유라의 시야가 붉게 점멸한다.

그녀는 크라우젤의 공격을 회피하고 방어하고자 시도해 봤지만 뜻대로 되질 않았다. 크라우젤은 그녀의 행동 패턴을 완벽하게 분석하고 있었고, 초감각 패시브 스킬이 그의 분석력에 힘을 실어 주었다.

결국 유라에게 남은 선택지는 단 하나, 반격이었다.

탕-!

탕탕탕!

검광의 폭풍에 휩쓸린 채, 유라는 본인이 흩뿌리는 붉은 피의 틈새로 크라우젤을 포착하고 마법총을 연사했다. 하지만 크라우젤은 그녀의 시선과 총구가 겨누는 방향을 읽고 이를 토대로 미리 움직여서 총탄을 피했다.

결국 유라가 쏜 10발의 총탄 중 8발이 빗나가고 말았다. 반면 유라는 크라우젤이 휘두른 8번의 검격 중 7번을 허용했다.

두 사람의 생명력 차이가 크게 벌어졌다.

『이대로 끝날 듯하군요.』

『아아, 유라 선수, 정말로 아깝게 됐습니다. 그토록 선전해 놓고도 메달을 놓치게 생겼네요.』

성검 뽑기 내내 유라의 활약은 눈부셨다.

그녀는 뛰어난 지략으로 성검이 원하는 조건들을 빠르게 충족시켜 나갔고, 그 과정에서 겪게 되는 난관들을 지략 이상의 무력과 재치로 극복했다.

해설진과 관중들은 그녀가 자신의 조국에 메달을 안기리라고 조금도 믿어 의심치 않았었다.

하지만 크라우젤이라는 미국의 새로운 거두가 그녀와 한국인들의 꿈을 무참히 짓밟기 직전이다.

『시청자 여러분께서도 아시다시피 한국의 선수층은 무척 얇죠. 그리드, 유라, 극검, 툰 정도를 제외하면 참가 선수 전부 다 무명입니다.』

『한국에 은메달 이상의 메달을 안겨 줄 수 있는 선수는 그리드와 유라 정도밖에 없다는 것이 전문가들의 추측이었죠.』

『유라가 단 하나의 메달도 따지 못하고 탈락한다는 것은 한국 입장에서는 실로 절망적인 소식일 수밖에 없습니다.』
『안타깝네요. 한국 국민들의 상심이 크겠이요.』

해설진은 사실 그대로를 말하고 있었다.

한 명의 선수가 2개 종목에밖에 참가하지 못하게끔 규칙이 개정된 현 시점에서 유라의 무메달 탈락은 한국의 뼈아픈 손실이었다.

이후 그리드가 2개의 금메달을 획득한다고 해도 한국은 세간의 예상대로 종합 순위 하위권에 머물 수밖에 없게 됐다. 그럼 한국인 플레이어들은 버프 혜택을 받지 못한다.

"유성 검."

콰쾅!

쿠콰콰콰콰쾅!

운석처럼 떨어지는 크라우젤의 검기가 유라의 상처투성이 몸을 연속적으로 강타한다.

유라 또한 계속 스킬을 전개하여 항거했지만, 이제 그녀의 생명력 게이지는 고갈 직전까지 떨어지고 있는 반면 크라우젤은 여전히 최대치에 가까운 생명력을 유지하고 있었다.

검성으로 전직하지 못했던 작년과 비교해서 몇 배나 강력해진 크라우젤의 무력은 유라와 급이 달랐다.

이쯤 되면 올해 일대일 PvP 우승자는 이미 정해진 것 아니겠느냐, 사람들은 아직 시작도 안 한 대회의 결과를 점치는 단계에 이르렀다.

그리고 크라우젤은 유라에게 최후의 일격을 날릴 준비를 하고 있었다.

'끝낸다.'

유라의 생명력 게이지를 확인하는 크라우젤.

전투 과정에서 그녀의 총 생명력 수치와 방어력 수치를 정밀하게 계산해 놓은 그가 차징 스킬을 전개했다.

유라에게 회심의 일격을 날리고, 그녀를 불사 상태에 진입시킴과 동시에 거리를 벌려서 불의의 역습에 대비하려는 심산이었다.

"자진모리."

뻐억-!

동대륙에서 습득한 비기.

아무런 예비 동작 없이 전개되어 적을 강타하고 멀리 밀쳐 내는 발차기가 유라의 배를 걷어찼다.

동시에 생명력이 고갈된 유라가 불사 상태에 돌입, 그대로 크라우젤과 멀찍이 떨어졌다.

크라우젤은 당연히 그녀에게 접근하지 않았다. 5초의 불사 시간 동안 그녀가 세이프티 존에 접근하지 못하도록 견제만 하면 된다는 판단이었다.

"후훗."

절망적인 상황 속에서 유라는 미소 지었다.

크라우젤이 자진모리로 자신을 날려 버리는 것, 그녀의 상정 범위 내였다. 크라우젤과 멀리 떨어진 그녀가 캐스팅에 다소 시간이 소요되는 마법을 발동시켰다.

"지옥 소환."

"……?"

쿠르르르르르릉-!

지옥이라는 특정 공간에서야 비로소 진가를 발휘하는 데빌 슬레이어는 중간계에서 페널티를 안은 채 활동하고 있는 셈이나 다름이 없다. 지옥이 아니면 본 실력을 드러내지 못하는 클래스라니, 전설이라고 하기에는 너무 초라하고 불합리하다.

그렇기에 안배된 고유 스킬이 바로 지옥 소환이다.

지옥의 특정 구역을 '무작위'로 인계에 현신시킴으로써 데빌 슬레이어의 능력을 100퍼센트 발현시킬 기반을 마련해 주는 필드 마법이었다.

쏴아아아아아아-

어둠의 장막이 내려다.

유라를 중심으로 반경 1킬로미터가 마기로 들끓었고 칠흑으로 변질됐다.

빛으로 찬란했던 브뤠톤 섬의 일각이 오염되는 순간이

었다.

『헙……!』

세계가 경악했다.

지옥 소환은 벨리알이 사용했던 대악마 고유의 필드 마법이 아닌가! 한데 어찌 일개 플레이어가 그 마법을……!

"음……."

크라우젤 또한 적잖게 놀랐다. 끓어오르는 마기와 열기에 지배당한 그의 눈살이 찌푸려진다.

[지옥에 입장하였습니다.]

[강력한 마기가 폐부를 꿰뚫습니다.]

[몸에서 기운이 빠집니다. 공격력, 방어력, 민첩성이 30퍼센트 하락합니다.]

[생명력이 자연 회복되지 않습니다.]

[정신적인 타격을 입습니다. 마나 회복 속도가 50퍼센트 하락합니다.]

[저항하였습니다.]

'상태 이상에 저항한 것은 아무런 의미가 없다.'

유라가 강해졌다.

경계심을 품은 크라우젤이 백아도를 고쳐 쥐는 것과 동시에.

쩌쩡! 쩌저저정-!

펄펄 끓는 지옥불 강을 도약해서 뛰어넘은 유라가 순식간에 크라우젤에게 도달, 3연격을 날렸다.

이전과 비할 바 없이 빠르고 강력해진 공격이었다.

'큭……! 이런 비장의 수를 여태까지 숨겨 놓고 있었다고?'

심정은 충분히 이해한다.

세상 사람 모두가 지켜보고 있는 국가 대항전에서 본인의 전력을 드러낸다는 것이 플레이어 입장에서는 무척 꺼려지는 일이었으니까. 저력은 되도록 숨기는 편이 낫다.

하지만 어차피 이런 식으로 공개할 거였다면 차라리 진즉에 공개하는 편이 좋았던 거 아닌가?

크라우젤은 유라가 지옥을 소환한 것에 대해서 부정적이었다.

'어차피 패배가 결정된 상황에서 숨겨 놨던 패를 공개하다니……. 그녀답지 않은 어리석은 판단이다.'

유라의 지옥 소환 타이밍은 늦어도 너무 늦었다. 지옥에서 유라가 강해졌다고 해도 두 사람의 생명력 격차는 이제 뒤집을 수 없을 정도로 커져 있었다. 전투의 결과 또한 바뀌지 않은 것이다.

유라는 지옥을 보다 빨리 소환하거나 끝까지 소환하지 말았어야 했다.

생각하며, 크라우젤은 안개처럼 번져 있는 칠흑의 마기

틈새로 날아오는 유라의 총탄 2발을 회피했다. 그리고 발치에 흐르는 지옥불의 열기를 인내하며 검으로 월광을 그렸다.

유라의 불사 지속 시간이 끝난 타이밍을 정확히 노린 반격이었다.

하지만.

서걱-!

크라우젤은 유라를 베지 못했다.

급변한 풍경에 미처 적응하지 못한 그가 다소 혼선을 빚고 있는 지금, 유라는 지옥 도약을 전개, 전장에서부터 이탈하고 있었다.

마지막 남은 마나를 쥐어짠 퇴각이었다.

'이제 와서 놓칠 리가!'

백광보를 전개한 크라우젤이 유라를 뒤쫓으려 하는 순간이었다.

키야오오오오오오!

"……?"

콰르르르르르르르르릉!

수천, 수만 개의 눈을 지닌 지옥달이 떠올라 있는 새카만 하늘을 꿰뚫고 등장한 〈헬 본드래곤〉이 크라우젤에게 자욱한 독 브레스를 날렸다.

유라가 소환한 지옥이 하필이면 헬 본드래곤의 서식처

였던 것이다.

유라의 입장에서는 천운이었다.

"큭!"

헬 본드래곤은 현재 시점의 플레이어 따위 초라하게 만드는 강력한 고레벨 네임드 몬스터였다.

놈에게 불의의 습격을 당한 크라우젤이 드물게 비명을 토했다. 치명상을 입은 그가 멀찍이 날아가 피를 쏟아 냈다.

그제야.

스르르르르륵-

지옥이 소멸했다.

유라가 소환한 지옥의 유지 시간은 고작 1분 남짓에 불과했던 것이다.

그리고 그 짧은 시간 동안 성검 뽑기의 전개는 급변했다.

모두의 예상을 깨고 유라가 가장 먼저 세이프티 존에 도달했다.

유일하게 PvP가 불가능한 지역.

성검이 꽂혀 있는 중앙 지대였다.

『유… 유라가……!』

『한국의 유라 선수가 첫 번째로 성검의 주인이 되기 직전입니다!』

그리드가 아닌 다른 플레이어가 천외천 크라우젤과의 대결에서 승리하고 금메달을 차지할 줄이야, 그 누가 상상이나 했겠는가?

아니, 애초에 그리드라도 크라우젤을 꺾지는 못할 거라는 게 세상 사람 대부분의 견해였다.

한데 그 힘든 일을 유라가 해내는 것…

푹-!

"……!"


『……!』


단 한 발자국.

한 발자국이 부족했다.

유라가 세이프티 존에 진입하기 직전, 수십 개의 검이 쇄도하여 그녀를 덮쳤다.

인벤토리에 보유 중인 검을 최대 10개 방출하여 표적에 적중시키는 검성의 원거리 스킬 〈이기어검〉이었다.

크라우젤이 그리드를 만나기 전까지 숨겨 놓고 싶어 했던 비장의 기술 중 하나다.

"윽!"

유라가 날아온 검에 하필이면 발목을 꿰뚫리고 말았다. 물약으로 생명력을 확보해 놓은 상태였기 때문에 다행히

목숨은 건졌지만, 그녀는 세이프티 존에 진입함과 동시에 제자리에 쓰러지고 말았다.

그리고 그녀를.

터억!

크라우젤이 뛰어넘었다.

성검 앞에 먼저 도달한 사람은 그가 되었다.

『우, 우승 크라우젤! 크라우젤이 첫 번째로 성검을 뽑음으로써 금메달의 주인이 되었습니다!』

『아아, 유라 선수, 분전하였지만 은메달에 그치고 말았군요. 정말로 아깝습니다. 하지만 잘 싸웠습니다. 그녀에게 찬사를 보냅니다.』

"우와아아아아아아아!"

관중들의 열렬한 환호가 도쿄 돔을 들썩이게 만든다.

제3회 국가 대항전의 서막, 치열하고 화려했다.

한국 선수 대기실.

"잘 싸웠어. 정말로 잘 싸웠어."

초원 위에 널브러진 유라가 눈시울을 붉히고 있는 모습이

화면에 잡힌다. 늘 당당했던 그녀가 이토록 연약한 모습을 보이는 건 처음이었다.

크라우젤보다 먼저 전설이 되었고, 실제로 더 높은 성장을 이루었으나 결국에는 고배를 마시고 만 그녀.

노력이 부족했던 것일까?

아니다.

그 사실, 누구보다 그리드가 잘 알고 있었다.

이건 순전히.

'재능의 차이······.'

인간이란 상대적이다.

최고라고 칭송받던 사람도 결국 자신보다 나은 사람 앞에서는 초라해지는 법이다.

그 뼈아픈 현실, 그리드는 살면서 셀 수 없이 많이 겪어 왔다. 그래서 그는 유라가 지금 어떤 심정일지 헤아릴 수 있었다. 그녀의 분함을 절실히 느낄 수 있었다.

'내가 복수해 줄게.'

재능?

'템빨로 찍어 눌러 줄게.'

그리드의 피가 끓어오른다.

자신과 같은 재능의 피해자를 목도한 그는 크라우젤에게 더욱더 이기고 싶어졌다.

이후.

4개 종목이 더 진행되는 동안 한국은 단 하나의 메달도 따지 못했다.

국가 대항전 첫날 한국의 메달 현황은 은메달 하나에 그쳤다. 하지만 그 하나의 은메달이 무척 값졌다.

본래라면 최하위권에 머물러서 순위권에 보이지 말았어야 할 한국이 종합 순위표에서 비교적 상단에 위치해 있었으니까.

이 작은 이변이 어떤 결과로 이어지게 될지, 이때까지만 해도 아무도 몰랐다.

제3장

이제 시작

1위. 미국-금(4) 은(3) 동(0)
2위. 캐나다-금(2) 은(4) 동(1)
3위. 중국-금(2) 은(0) 동(0)
4위. 영국-금(1) 은(0) 동(4)
5위. 일본-금(0) 은(1) 동(2)
6위. 한국-금(0) 은(1) 동(0)
7위. 프랑스-금(0) 은(0) 동(2)

제3회 국가 대항전의 첫날 결과다.

예년과 마찬가지로 북미, 유럽, 동아시아 국가들의 활약이 눈에 띄었다.

물론 이 순위표는 일시적인 것에 불과했다. 오늘과 내일, 아직 남은 18개의 종목이 진행되는 동안 새로운 국가들이 순위표에 대거 등장할 것이었다. 작년 1위국인 러시아를 포함해서 말이다.

『오늘도 어제와 마찬가지로 9개 종목이 진행될 예정입니다. 그리고 그중 6개 종목이 단체전이죠. 오늘이 총 3일 동안의 국가 대항전 기간 중에서 가장 중요한 날이라고 볼 수 있습니다.』

단체전에서 우승하기 위해서는 선수층이 넓어야 한다. 뛰어난 선수를 많이 거느린 국가가 단체전 메달을 획득할 가능성이 높았고 이 조건에 부합하는 국가가 바로 미국, 캐나다, 중국, 러시아였다. 그 외의 국가들은 단체전에서 메달을 확보할 가능성이 현격히 낮았다.

『4대 강국 중 단체전에서 많은 메달을 확보하는 국가가 그대로 종합 순위 1위에 안착할 공산이 큽니다.』

『러시아가 작년에 이어서 2회 연속 1위라는 위업을 달성할 수 있을지, 제1회 국가 대항전에서 1위를 차지했던 미국이 작년의 수모를 씻어 내고 명성을 회복할 수 있을지, 매해 1위 후보국으로 거론되고 있으나 결국 단 한 번도 1위를 차지하지 못했던 캐나다가 올해만큼은 다른 모습을 보여 줄 수 있을지, 중국이 아시아 최초의 1위국이 되는 영광을 거머쥘 수 있을지 궁금하군요.』

『일단 러시아의 1위 가능성은 무척 낮습니다. 알렉산더 등의 뛰어난 실력자가 대거 포진해 있다고는 하나, 크라우젤이 있었던 작년과는 비교할 수가 없이 약하죠.』

『저도 동의합니다. 러시아의 올해 목표는 10위권에 진입해서 국가 버프 보상을 얻는 수준에 불과할 거라고 생각해요. 최근에 명성을 높이고 있는 러시아 최강의 랭커 〈나이트〉가 출전했다면 또 모를까, 러시아의 1위 가능성은 없다고 봐도 무방할 것 같습니다.』

『1회 국가 대항전 3위국 프랑스는 어떤가요?』

『7대 길드 연합이 붕괴된 이후 자취를 감춘 봉드레가 올해 국가 대항전에 참가하지 않았습니다. 프랑스 또한 희망이 없죠.』

결국 미국, 캐나다, 중국의 삼파전이 될 것이다.
모두가 예상하는 가운데 해설진이 쓸쓸한 미소를 흘렸다.

『1회 국가 대항전과 2회 국가 대항전에서 연속으로 2위를 차지했던 한국은 아예 거론조차 안 되고 있다는 점이 미묘하군요.』

『지난 국가 대항전에서 한국이 높은 순위를 차지할 수 있었던 이유는 종목의 개수가 워낙 적었기 때문입니다. 반면 올해 국가 대항전은 종목이 무려 27개로 늘어났죠. 그리드 혼자서 2개의 금메달을 딴다고 해 봤자 이전처럼 한국이 높은 순위를 차지한다는 건 불가능합니다. 실제로 보십시오. 오늘 한국은 총 6개의 단체전 중에서 단 2개의 단체전에만 참가 의사를 밝혔습니다. 심지어 참가자 명단에 이름을 올린 선수들 전부 무명이죠.』

『한국은 이미 선수들 본인부터가 반쯤 포기한 분위기 같네요.』

『그저 국가 대항전에 참가하는 것에 의의를 둔다……. 딱 이 정도 마음가짐인 것 같습니다.』

한국은 선수층이 무척 얇은 국가다. 그리드, 유라라는 돌연변이 2명을 제외하면 크게 주목할 만한 부분도 없었다.

『내일 표적 맞추기와 대장장이 승부, 그리고 PvP에서 그리드와 유라가 몇 개의 메달을 딸 수도 있겠지만 그게 전붑니다.』

『그리고 그리드가 금메달을 딸 수 있을지도 솔직히 의문이죠. 새롭게 적용된 대장장이 승부의 규칙이 그리드에게 불리하다는 것이 정론이고, PvP에서는 검성으로 전직한 크라우젤이 떡하니 버티고 있으니까 말이죠.』

"실컷 떠들어 대는군."

한국 선수 대기실.

잠시 후 시작될 〈토벌전〉에 참가하고자 준비 중이던 포식이불족발이 의욕을 불태웠다.

아무래도 그 또한 한국인인지라, 한국을 저평가하는 해설진에게 본때를 보여 주고 싶다는 욕구를 느꼈다.

"해설진의 말이 꼭 틀린 건 아니잖아?"

한복 차림의 여성 비올라가 눈웃음을 그린다. 눈매가 길고 턱이 갸름한 그녀는 웃을 때 꼭 여우 같았다.

"한국은 정말로 약하다고."

"맞아. 약하지."

비올라의 말에 동의한다는 듯이 고개를 끄덕인 포식이불족발이 덧붙였다.

"어디까지나 우리가 없었을 때 이야기이지만."

랭커의 공식 활동은 부와 명성을 안겨 줄지 몰라도 때때로 큰 제약이 되기도 한다. 그래서 포식이불족발과 비올라, 그리고 마봉식은 여태껏 쭉 비공식 랭커로 활동해 온 것이다.

하지만 이제 세상에 모습을 드러내기로 결정했다. 그리고 결정한 이상 대충 할 생각은 없었다.

"등장은 화려해야지. 누가 그랬던 것처럼."

포식이불족발의 시선이 그리드에게 향했다. 그와 눈이 마주친 그리드가 쉽게도 말했다.

"올 때 금메달."

"오냐. 2개 가져오마."

"……."

기세등등한 포식이불족발!

그의 정체를 모르는 한국의 다른 젊은 선수들은 그저 혀를 내두를 수밖에 없었다. 자신들과 마찬가지로 무명인 그가 뭐 저리도 자신감이 넘치는 건지 그들은 의문이었다.

반면 포식이불족발의 정체를 알고 있는 그리드와 극검의 기대감은 고조되고 있었다.

'블러드 카니발의 수장.'

포식이불족발은 최강, 최악의 다크 게이머 집단을 만들고 운영했던 거물 중의 거물이다. 또한 던전 제작자라는 히든 클래스 전직자로서 그리드도 인정하는 전투력을 보유했다.

그리드와 극검이 장담컨대, 그의 등장은 세상에 엄청난 충격을 선사할 것이 분명했다.

〈포식이불족발? 아이디 저거 실화냐.〉

〈미친. 저게 뭐야. ㅋㅋㅋ〉

〈외, 초딩도 아니고 뭔 아이디를 저따위로 만들있나.〉

〈족발 좋아하나 보지.〉

〈토벌전〉은 기존의 〈레이드〉에 PvP 개념을 도입시킨 종목이었다.

3개의 국가가 동시에 레이드에 참전, 서로를 견제하면서 보스를 사냥한다. 이때 보스에게 가장 많은 데미지를 누적시킨 국가가 우승이다.

보스는 코카트리스.

기존 레이드 종목의 보스였던 드레이크보다 한 등급 아래다. 레이드 대상이 너무 강할 경우, 각국 선수들이 서로를 견제하기는커녕 협력 태도를 취할 수도 있었기 때문에 비교적 약한 보스가 배정된 것이다. 그 탓에 토벌전은 레이드에 비해서 훨씬 빠르고 치열한 전개가 펼쳐질 전망이었다. S.A그룹의 의도대로였다.

"첫 상대는 한국과 일본인가. 운이 좋았군."

토벌전 A조 참전국은 한국과 일본, 그리고 러시아였다.

러시아 선수들 입장에서는 천운이나 다름없었다.

한국은 그리드와 유라 등의 몇 명을 제외하면 볼 거 없이 약한 나라였고, 실제로 이번 토벌전에 참가한 한국 선수들은 죄다 무명이었다.

일본 또한 사정은 크게 다르지 않았다. 데미안과 카츠 등의 쟁쟁한 인물은 출전하지 않았고 2류 랭커들이 출전한 상태였다.

반면 러시아에는 알렉산더가 있었다.

최근 유명세를 떨치기 시작한 〈나이트〉 다음으로 러시아에서 가장 강한 랭커였다. 작년에는 크라우젤과 함께 활약해서 러시아를 종합 순위 1위 국가로 만든 주역이기도 하다.

"우리의 목표는 금메달이다. 첫 경기쯤 우습게 통과해야돼."

앞서 진행된 4개의 단체전 결과가 국가 대항전의 전개를 재밌게 만들었다.

미국은 금메달을 따지 못했고, 캐나다가 2개의 금메달을, 그리고 중국이 1개의 금메달을 획득해 버린 것이다.

미국이 1위 굳히기에 실패했다는 뜻이다.

남은 2개의 단체전에서 러시아가 금메달을 획득하는 데 성공할 경우, 어쩌면 러시아도 종합 순위 1위를 노릴 수 있었다.

러시아 선수들의 의욕이 넘쳤다.

"어이."

보스가 등장하기 3분 전.

알렉산더가 군인 시절 자신의 후임이자 현재는 러시아를 대표하는 랭커 중 하나인 이코니코스키에게 눈짓했다. 그러자 군기가 바짝 든 이코니코스키가 힘차게 대답하면서 그의 곁으로 달려왔다.

알렉산더가 지시했다.

"우리에게 위기의식을 느낀 한국과 일본 놈들이 서로 협력할 가능성이 높다. 너는 경기 시작과 동시에 한국 놈들을 쳐. 놈들이 일본 놈들과 협력할 기회조차 주지 마라."

이코니코스키의 대인전 능력만큼은 알렉산더와 동급이었다. 그 혼자서 듣도 보도 못한 잡놈 셋을 해치우는 건 앉아서 코 풀기나 다름없었다.

이코니코스키가 자신감 넘치게 대답했다.

"옙! 저 황인종 원숭이들을 순삭하고 돌아오겠… 윽!"

소리치던 이코니코스키가 주둥이를 다물고 말았다. 알렉산더가 뒤통수를 때렸기 때문이다. 얼떨떨한 표정을 짓는 그에게 알렉산더가 경고했다.

"인종 차별하지 마라."

"네……?"

스킨헤드로 악명 높았던 사람이 바로 알렉산더. 누구보다 인종을 차별했던 그가 이처럼 말하자, 이고니고스키의 어안이 벙벙해졌다.

귀신에 홀린 표정을 짓는 그에게 알렉산더가 호통을 쳤다.

"크라우젤도 황인종이란 말이다! 이 멍청한 새끼야!"

"죄, 죄송합니다!"

알렉산더가 크라우젤의 꽁무니를 쫓아다니고 있다는 사실, 아직 모르는 사람이 더 많다. 이코니코스키도 몰랐다. 그는 상황을 제대로 이해하기 어려웠지만 어쨌든 힘차게 대답하는 수밖에 없었다. 알렉산더를 두려워하는 그였다.

러시아팀이 소란을 피우고 있는 그때.

"첫 상대로는 좀 약한데?"

한국팀의 포식이불족발이 아쉽다는 듯이 입맛을 다셨다.

"내 데뷔전 상대면 최소 크라우젤급은 돼야 하는 거 아니야?"

힘들게 결정한 공식전 참가다.

포식이불족발은 기왕 세상에 모습을 드러내게 된 이상 화려하게 등장하고 싶었다. 자신의 존재를 사람들에게 강렬하게 각인시키고 싶었다.

한데 러시아의 백돼지 따위가 첫 상대라니, 아쉬운 감이 컸다.

입맛을 다시는 그를 마봉식이 위로해 주었다.

"그래도 알렉산더 정도면 꽤 유명한 편이야. 우리 같은 듣보잡들하고 매칭되지 않은 걸 다행으로 여겨."

"흠… 하긴, 최악은 면한 거군."

아쉽지만 어쩌겠는가.

최대한 긍정적으로 생각한 포식이불족발이 전장을 눈에 담았다.

모래 먼지 부는 황무지 중심에 가파르게 솟은 협곡이 있었고 그 꼭대기에 코카트리스가 있었다.

'협곡을 가장 먼저 오르는 게 관건이겠군.'

가장 먼저 코카트리스에게 도달한 팀이 보다 많은 피해를 누적시킬 수 있다. 결국 속도전이 될 것이다.

비행 마법이 차단된 공간.

저 높고 험한 협곡을 과연 누가 빨리 오를 수 있을까 싶지만.

'그것도 다른 선수들을 견제하면서 말이지. 뭐, 나랑은 상관없는 얘기지만.'

콧방귀 뀐 포식이불족발이 협곡 어귀에 위치한 동굴 입구를 주목했다.

"던전 소환하기 딱 좋은 구조군."

던전 제작자는 던전을 제작하면 제작할수록 강해진다. 단지 능력치 상승 보정 효과를 얻기 때문이 아니라 특정 구역에 자신이 제작한 던전을 소환할 수 있기 때문이었다.

던전의 용도는 다양한바, 포식이불족발은 충분한 지형만 확보되면 언제, 어떤 상황에도 유연하게 내처할 수 있다.

"일단 저쪽으로 가자."

"응."

포식이불족발을 필두로 비올라와 마봉식이 이동을 개시했다. 러시아 선수들과 일본 선수들은 협곡 꼭대기를 향해서 이동하는 반면 그들은 협곡 어귀의 동굴 안으로 쏙 들어가 버렸다.

『……?』
『무슨 의도일까요…….』

한국, 일본, 러시아 삼국의 토벌전이 시작된 직후.
러시아가 우승할 거라고 호언장담하고 있던 해설진의 어안이 벙벙해졌다.
한국팀 선수들이 다른 국가 선수들과 경쟁하며 몬스터를 토벌하기는커녕 동굴 안으로 숨어들었으니 황당할 따름이었다.

『의미 있는 행동으로 보기는 어렵네요. 아무래도 무척 긴장했나 봅니다.』

해설진은 한국 선수들이 패닉 상태에 빠졌다고 보았다.
어차피 자신들이 싸워 이길 가능성은 없다는 사실을 안 그들이 동굴에 '숨어들었다'고 여겼다.
멍청한 겁쟁이쯤으로 여기는 셈이었다.
러시아 선수들도 마찬가지였다.
"반푼이들이었군."

절레절레.

헛웃음 흘린 알렉산더가 고개를 저었다. 그는 겁먹고 숨어 버린 한국 선수들이 멍청한 수준을 넘어서 귀엽게 보였다.

"이코니코스키, 그냥 놈들은 무시해라. 일본 놈들부터 빠르게 처리한다."

"옙!"

러시아 선수들이 일사불란하게 움직였다. 협곡을 등반하는 과정에 일본 선수들과의 거리를 좁혔다.

협곡 위의 코카트리스는 닭 벼슬을 세운 채 모래를 쪼아 먹고 있었다.

녀석과 일본 선수들 모두 머잖아 러시아 선수들에게 도륙당할 것처럼 보였다.

하지만 전개는 모두의 예상과 다르게 흘러갔다.

캬오?

모래를 쪼아 먹던 코카트리스가 갑자기 번쩍 고개를 들더니 협곡 아래를 내려다보았다. 놈의 날카로운 시선이 한국 선수들이 숨어든 협곡 어귀의 동굴에 꽂혔다.

캬오오오오오!

생뚱맞게 기성을 토하는 코카트리스!

튼튼한 두 다리를 길게 뻗은 녀석이 거침없이 내달리기 시작했다. 자신을 쫓아 협곡 위로 오르고 있는 러시아 선수들과 일본 선수들은 무시하고 협곡 아래로 뛰어 내려갔다.

"뭣이!"

러시아 선수들과 일본 선수들 모두 당황했다.

우리가 기껏 고생해서 위로 올라왔건만, 저 정신 나간 닭대가리는 왜 갑자기 아래로 내려간단 말인가?

그것도 하필이면 한국팀이 숨어든 방향으로 말이다!

"쪼, 쫓아!"

한국 놈들이 아무리 반푼이라도 국대전에 참가했을 정도면 레벨이 250은 넘을 것이다. 놈들 셋이 코카트리스를 못잡을 정도로 병신은 아닐 터였다.

초조해진 러시아 선수들과 일본 선수들이 왔던 길을 되돌아가기 시작했다. 하지만 벼랑은 너무 가팔랐고, 그들은 코카트리스의 속도를 따라잡기가 어려웠다. 코카트리스는 어느새 한국 선수들이 숨어 있는 동굴 앞에 도착해 있었다.

"야! 이 닭대가리 새끼야! 거기 서라!"

저놈이 당최 왜 저러는 거지?

저 동굴에 왜 저토록 큰 관심을 보이는 걸까?

의문에 휩싸인 알렉산더가 코카트리스에게 소리쳐 보았지만, 놈이 그의 말을 알아들을 리 만무했다.

턱!

코카트리스가 동굴에 발을 들임과 동시에.

"닭발도 나쁘진 않지."

서걱-!

포식이불족발의 검이 코카트리스의 모가지를 베어 버렸다.

러시아 선수들에게 주목히고 있던 수십 대의 무인 카네라가 포식이불족발에게 집중되는 순간이었다.

† † †

대부분의 던전에는 몬스터가 서식한다.

그리고 몬스터는 경험치와 재물을 안겨 주는 귀중한 사냥감인바, 플레이어들이 던전을 '사냥터'로 인식하는 것은 당연한 이치였다.

던전에 몬스터가 서식하는 원초적인 이유 따위, 아무도 관심 없었다.

"닭발도 나쁘진 않지."

키야아아아아아악!

코카트리스의 모가지를 베어 버린 포식이불족발.

날카로운 비명을 토하며 몸부림치는 코카트리스의 시선을 살핀다.

충혈된 놈의 시선, 여전히 어두운 던전 깊은 곳을 향하고 있었다. 단 일격으로 자신의 생명력을 대폭 앗아 간 포식이불족발에게는 아무런 관심도 없었다. 덕분에 포식이불족발은 〈석화〉로부터 안전했다.

최고위 상태 이상 〈미혹〉의 효과다.

"역시, 뱀의 던전이 정답이었군."

사람들은 간과하는 사실이지만, 대부분의 던전에는 '만들어진 목적'이 존재한다. 각기 용도가 다른 만큼 특징도 달랐다. 던전마다 서식하는 몬스터의 종류가 다른 이유가 바로 여기에 있다.

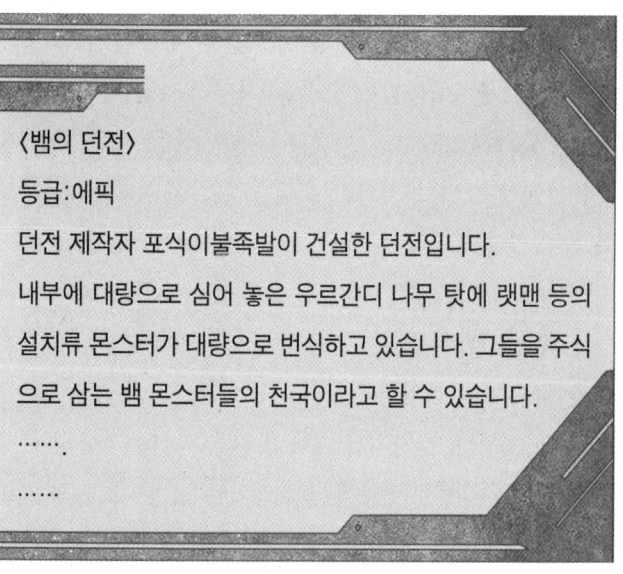

〈뱀의 던전〉

등급:에픽

던전 제작자 포식이불족발이 건설한 던전입니다.
내부에 대량으로 심어 놓은 우르간디 나무 탓에 랫맨 등의 설치류 몬스터가 대량으로 번식하고 있습니다. 그들을 주식으로 삼는 뱀 몬스터들의 천국이라고 할 수 있습니다.
…….
……

포식이불족발이 뱀 던전을 건설했던 이유는 뱀을 숭상하는 소수민족 〈부랑탕〉과의 친교를 위해서였다.

그는 부랑탕족 마을 근처에 뱀의 던전을 건설하였고, 이를 계기로 부랑탕족과 친해졌으며, 덕분에 히든 퀘스트 〈부랑탕족의 부문〉을 클리어할 수 있었다.

말인즉, 이 뱀의 던전은 본래 부랑탕족 마을 근처에 존재해야 한다는 뜻이다.

하지만 포식이불족발에게는 〈던전 소환〉 스킬이 있다.

던전 소환은 동굴, 건축물 내부, 산 등의 지형을 〈점령〉 상태에 놓을 경우에만 발동시킬 수 있는 스킬로서 '자신이 제작한 던전을 한시적'으로 소환하는 기능을 발휘했다.

그리고 포식이불족발이 굳이 〈뱀의 던전〉을 소환한 이유는 토벌전의 목표 대상이 코카트리스였기 때문이다.

수탉의 머리와 다리, 파충류의 몸통을 지닌 녀석이 가장 좋아하는 먹이가 바로 초대형 뱀 몬스터 '암피스바에나'였으니까.

키에에에에에!

특유의 빠른 회복력으로 목의 상처를 지혈한 코카트리스가 돌진을 재개했다.

식욕에 눈이 먼 녀석은 포식이불족발 일행을 거들떠도 안 봤다. 넌선 깊은 곳에서 흘러나오는 맛있는 냄새만을 쫓아 이동했다.

"봉식아!"

"맡겨 둬라! 폭한의 창!"

마봉식.

블러드 카니발 창립 멤버 4인 중 하나.

그는 빙결계 마법을 극도로 육성한 마창사, 즉 마법 창술사였다.

그의 창은 상태 이상 〈오한〉을 유발하는 힘을 지녔다.

쩡-!

쩌저저저저정!

기세 좋게 돌진하다가 마봉식의 창에 찔린 코카트리스의 이동속도가 급격히 느려지기 시작한다.

오한의 힘이다.

오한은 동상, 빙결과 같은 다른 빙결계 상태 이상과 비교해서 효과가 극적이지 못했지만, 상태 이상 〈저항력〉을 무시하는 '필중'의 위력을 발휘했다. 오한에 빠진 적은 생명력과 민첩성을 서서히 잃는다.

"좋아! 잘했다!"

속도가 저하된 코카트리스의 꼬리를 밟은 포식이불족발이 높게 도약했다.

던전 버프를 얻은 그의 전투력은 아직 열망의 무아검을 얻기 전 그리드에 필적하였던바.

서걱-!

강하다.

포식이불족발의 검에 모가지를 재차 베인 코카트리스의

생명력 게이지가 10분의 1 이상 하락했다.

키익……! 키이이익!

코카트리스가 도끼눈을 떴다.

일정량 이상의 피해를 입자 던전 속 먹잇감에게 팔려 있던 정신이 되돌아오려 하고 있었다.

녀석의 시선이 포식이불족발에게 돌아가는 순간.

"어머, 얘. 가던 길 안 가고 뭐 하니?"

마녀 모자를 깊이 눌러쓰고 있는 여성 비올라가 마법 지팡이를 회전시켰다.

마봉식과 마찬가지로 블러드 카니발의 창립 멤버인 그녀의 클래스는 환술사.

대상에게 걸린 상태 이상 효과를 강화하거나 지속 시간을 늘리는 힘이 있다.

키루루…….

코카트리스의 시선이 다시금 던전 안 깊은 곳으로 향한다. 즉시 또 내달리기 시작하는 놈에게 포식이불족발 트리오가 맹공을 퍼부었다.

『저, 저게 무슨…….』

해설진은 커다란 의문에 휩싸인 상태였다.

토벌전의 무대가 되는 〈레일트 협곡〉에 어째서 던전이

존재하는가? S.A그룹이 공개한 정보에 따르면 존재해선 안 되는 던전이다.

그리고 코카트리스는 대체 왜 저 던전에 집착하는 것이며, 한국팀 선수들은 어째서 코카트리스의 석화에 걸리지 않는 걸까?

무엇보다도.

'강해!'

한국팀 선수들은 하나같이 무명이었음에도 불구하고 엄청난 실력을 발휘하고 있었다. 특히 포식이불족발이 특출했다.

코카트리스가 비록 260레벨의 필드 보스에 불과하다고는 하지만 기본 방어력은 높은 편이다. 녀석의 생명력을 일격에 10분의 1 이상 손실시킬 수 있는 사람, 국가 대항전에 참가한 1,500명의 랭커 중에도 몇 없을 터였다.

한데, 포식이불족발은 연속으로 해내고 있었다. 그의 검이 코카트리스의 모가지를 벨 때마다 코카트리스의 생명력이 쭉쭉 떨어졌다.

"우와아아아아!"

"뭐가 뭔지는 모르겠지만 어쨌든 대단하네! 응원한다!"

상황을 이해할 수가 없어서 중계가 불가능해진 해설진이 꿀 먹은 벙어리로 전락해 버린 이때, 관중들과 시청자들은 환호하고 있었다.

예상을 뛰어넘는 전개는 관객을 흥분시키게 마련이다.

† † †

"던전이었어?"

드디어 협곡을 내려온 러시아 선수들.

한국 선수들이 숨어들었던 동굴에 다급히 입장한 그들이 당황했다.

[〈뱀의 던전〉에 입장하였습니다.]

[제작자의 입장 허가를 받지 못했습니다. 던전이 당신을 침입자로 간주합니다.]

"어째서 코카트리스가 이곳으로 달려온 건지 이제야 이해가 되는군."

알렉산더가 스스로 비상하다고 자부하는 두뇌를 굴려 보았다.

"토벌전의 진짜 무대는 처음부터 이 던전이었던 거야. 협곡은 미끼에 불과했던 거지."

알렉산더의 해석에 이코니코스키와 이코내코스키가 감탄했다.

"그렇군요! 코카트리스를 잡겠답시고 굳이 협곡을 오른 우리는 쓸데없이 체력과 시간만 낭비한 셈이군요!"

"바로 그거지. 처음부터 간파하지 못한 건 내 실책이다."

"반면 처음부터 여기로 달려온 한국 선수들은 대단한 거네요?"

"……."

이야기가 그렇게 되는 건가?

잠시 당황하는가 싶던 알렉산더가 이내 부정했다.

"아니다. 놈들은 그저 운 좋게 걸려들었을 뿐이야."

포식이불족발, 비올라, 마봉식.

토벌전 한국팀 멤버는 진짜 볼품없었다. 정말 단 한 번도 들어 본 적 없는 무명의 플레이어들이었다.

알렉산더가 장담하건대, 그들 셋은 이번 국가 대항전에 참가한 1,500명의 선수 중에서 가장 수준이 낮을 것이 분명했다. 한국의 선수층이 얇다는 점을 고려해 봤을 때 충분히 신빙성 있는 이야기였다.

"겁먹고 숨어든 장소에 코카트리스가 떡하니 찾아와 주다니……. 놈들은 정말로 운이 좋아."

자격도 없는 주제에 거저먹다니, 정말로 얄미운 놈들이다.

"어서 코카트리스를 쫓자. 한국 놈들이 아무리 반푼이라도 약해 빠진 코카트리스쯤은 얼마든지 사냥할 수 있을 거야. 이 이상 독식할 기회를 줘선 안 돼."

코카트리스가 던전에 입장한 지 벌써 3분이 지났다.

초반 석화 공세를 퍼붓는 코카트리스의 가장 강력한 시간대가 지나가기 시작할 무렵인 것이다.

한국 선수들이 반격을 개시하고 있을 타이밍이다.

'생명력을 조금씩 깎기 시작하겠지……. 끽해야 30분의 1 정도겠지만 괜히 기세를 타게 만들어서는 안 돼. 변수는 아예 차단해야 한다.'

여유 부려서 좋을 건 없다.

생각하며 횃불에 불을 켠 알렉산더가 동료들과 함께 내달리기 시작했다. 겉에서 봤을 때보다 의외로 규모가 큰 던전의 깊은 곳까지 거침없이 진격했다.

도중에 뱀 종류의 몬스터가 몇 번이나 출몰했지만 레벨대가 고작 100에 불과했기 때문에 위협도 안 됐다.

'이상하군.'

알렉산더와 러시아 선수들은 이질감을 느꼈다.

명색이 국가 대항전에 등장하는 몬스터들의 레벨이 100대에 불과하다는 사실이 납득이 되질 않는 것이었다.

던전에 입장했을 때 마주쳤던 '제작자의 입장 허가를 받지 못했다.'는 경고창 또한 이제 와서 생각해 보면 무척 거슬린다.

'마치 별개의 공간인 듯한…….'

어리모교 꺼림칙하시만 상황을 의심하기에는 근거가 부족하다.

어찌 됐든 러시아 선수들은 진격할 수밖에 없었고, 결국 던전의 끝까지 도달하게 되었다.

그리고 보았다.

캬악……!

코카트리스의 대가리와 몸통이 분리되는 광경을 말이다!

"뭐라고!"

단 7분.

코카트리스가 던전에 입장한 후 흐른 시간은 고작 7분에 불과했다.

한데 그사이에 코카트리스가 레이드당한 것이다.

그것도 무명의 한국 선수들에게!

"네, 네놈들, 정체가 뭐지?"

우리도 못할 짓을 해내다니?

떨리는 음성으로 질문하는 알렉산더에게, 때마침 코카트리스에게 마무리 일격을 넣고 있던 포식이불족발이 대답해 주었다.

"예비 2관왕."

"뛰어!"

모두의 예상을 뒤엎고 러시아를 꺾은 한국이 일으킨 파란은 컸다.

A조 경기가 끝난 이후, 토벌전에 참가한 다른 국가 선수

들은 경기가 시작됨과 동시에 협곡 어귀에 있는 동굴로 달려갔다.

때가 되면 코카트리스가 이곳으로 딸려온다는 사실을 이제 모두 인지하고 있었기 때문이다.

하지만.

"……?"

"……??"

코카트리스는 협곡 꼭대기에서 움직이지 않았다. 제자리에 멀뚱멀뚱 선 채 침입자들을 기다렸다.

이후 다른 경기들에서도 마찬가지였다.

한국이 참전했던 A조 경기를 제외하고 코카트리스가 협곡에서 내려오는 경우는 단 한 번도 없었다.

'대체 뭐였던 거지?'

선수들도, 해설진도, 관중들도, 시청자들도 귀신에 홀린 심정이었다.

왜 A조 경기에서만 코카트리스가 다른 행동 패턴을 보인 것인지 아무도 이해하지 못했다.

그러는 동안에도 경기는 계속 진행돼서 이제 토벌전에 남은 국가는 12개뿐이었다.

4강전이 시작되는 것이었다.

그리고 4강전 첫 번째 조에 배정된 국가는 한국과 미국, 캐나다였다.

이제 시작 • 119

하필이면 강력한 우승 후보국들과 같은 조에 배정된 한국을 가엾게 여기는 사람은 단 하나도 없었다.

코카트리스를 순식간에 해치워 버린 한국 선수들의 강함을 이제 만천하가 알고 있었기 때문이다.

'난처하게 됐군.'

미국 대표 클라우드가 혀를 찼다.

앞서 진행된 4개의 단체전에서 단 하나의 금메달도 획득하지 못한 미국.

이번 토벌전에서만큼은 기필코 금메달을 따야 하는 입장이 되었건만, 하필이면 앞선 단체전에서 2개의 금메달을 앗아 간 캐나다와 예상외의 저력을 선보인 한국이 같은 조에 배정되다니 이런 불운이 또 없었다.

'여기서 떨어지면 동메달도 없어.'

미국 선수들은 어떻게 해야 승산을 높일 수 있을지 궁리해야 했고, 결론은 의외로 빠르게 내려졌다.

"일단 한국팀이 동굴로 진입하지 못하게 막아야 돼."

한국 선수들이 동굴로 진입했을 때 코카트리스가 이상한 행동 패턴을 보인 것은 사실이다. 어떤 원리인지는 몰라도 한국 선수들이 동굴에 진입했다가는 또 예상치 못한 변수가 발생할 가능성이 있었다.

하여, 클라우드를 비롯한 미국 선수들은 경기 시작과 동시에 한국 선수들이 있는 방향으로 내달렸다.

캐나다 선수들 또한 미국 선수들과 마찬가지의 판단을 내리고 있었다. 자신들만 협곡을 올랐다가 또 코카트리스가 아래로 내려오기라도 하면 난처해질 거라는 우려에서였다.

『앗! 시작과 동시에 한국의 대위기입니다!』

가늠하기 힘든 저력을 보유한 탓에 공통된 표적이 되어 버린 한국.

해설진이 호들갑을 떠는 반면 정작 한국 선수들은 침착했다. 아니, 도리어 즐거워하는 눈치였다.

"클라우드와 헨리라……. 저 정도 멤버면 데뷔전 상대로 손색없겠지?"

"응, 아무래도 알렉산더 한 명보다야 낫지."

"그럼 이번에는 닭 말고 인간 사냥을 해 보도록 할까."

토벌전에 참가한 미국 선수들과 캐나다 선수들 6명은 전원 통합 랭킹 500위권의 최상위 하이 랭커였다.

미국과 캐나다 양국이 토벌전을 중요하게 인식하고 있다는 증거였다.

종합 순위 1위를 확고히 하고 싶은 양국 입장에서는 조금이라도 승산이 있는 종목에 과감한 투자를 하는 것이 당연했다.

이제 시작 • 121

하지만 양국보다 더 큰 투자를 한 국가가 바로 한국이었다.

포식이불족발.

랭킹의 개념이 무의미한 태양급 강자.

한국은 무려 그리드와 필적하는 최강의 선수를 출전시킨 상태였으니까.

포식이불족발 앞에서 '고작' 통합 랭킹 500위권 랭커들은 햇병아리에 불과하다.

푹-!

츠카카칵!

딱히 어떤 특별한 힘을 공개할 필요도 없이, 포식이불족발 트리오는 순수한 전투력만으로 미국과 캐나다 선수들을 도륙해 나갔다.

미국과 캐나다 모두 금메달은커녕 동메달조차 놓치게 되었고, 이후 승승장구한 한국이 토벌전 금메달을 차지하게 되었다.

이날 내내 각종 포털 사이트 검색어 1위에 포식이불족발이 올랐다.

덩달아 전국 포식이불족발 매장의 매출이 급격히 상승했다.

정작 포식이불족발 본인이 운영하는 해남점은 휴일이었지만 말이다.

† † †

"한국에 저만한 고수들이 있었다고?"

"클라우드가 아무것도 못하고 당하다니……."

미국은 금일 진행된 단체전에서 단 하나의 금메달도 획득하지 못한 상태였다.

종합 순위를 캐나다에게 역전당한 이때 〈토벌전〉의 결과는 무척 중요한 것이었다.

레이드의 귀재 '지발'의 오른팔이었던 클라우드가 토벌전에 참가하게 된 경위다.

미국은 클라우드가 반드시 금메달을 따 주기를 바랐고, 그가 기대에 부응해 줄 거라고 믿어 의심치 않았다.

한데, 한국의 무명 선수들에게 무참히 깨져 버린 것이다.

예기치 못한 사태에 미국 선수들은 커다란 충격을 받았다.

술렁이는 분위기 속에서 스컬이 감탄했다.

"완벽한 조합이군."

스컬.

지난 4년 동안 통합 랭킹 10위권을 유지해 온 미국의 내뵤 랭커.

그의 뛰어난 안목으로 봤을 때 포식이불족발 트리오의 조합은 실로 완벽했다.

필중의 상태 이상 오한을 유발하는 창술사 마봉식, 필중하는 대신 효과가 미미한 오한의 위력을 극대화시켜 주는 환술사 비올라, 그들이 약화시킨 적을 강력한 공격력으로 마무리 짓는 포식이불족발.

한국 대표 세 사람은 개개인의 역량이 특출할 뿐만 아니라 궁합까지 기가 막혔다. 호흡을 딱딱 맞추는 모습을 보면 최소 수년 동안 함께 활동한 동료처럼 보일 지경이었다.

'크라우젤이나 그리드도 저들을 상대로는 쉽지 않겠는데?'

감히 생각해 본 스컬이 힐끗, 크라우젤의 눈치를 살폈다.

그리고 크라우젤의 검은 눈동자가 흥미로 번들거리고 있음을 목격했다.

'이거야 원.'

천외천의 마음을 사로잡는 이들 대부분이 한국인인 것을 보면 한국인들의 DNA는 아직까지도 건재한 게 아닐까 싶다. e-스포츠의 절대 강국이었던 한국의 게임 DNA 말이다.

† † †

"저 정도였다니……."

캐나다 선수 대기실.

다른 선수들과 달리 포식이불족발에 대해 이미 알고 있던 크리스가 전율했다.

포식이불족발이 그리드도 인정하는 실력자라는 사실, 익히 들어 알고는 있었으나 설마 헨리를 단숨에 처치할 수준일 줄은 몰랐던 것이다.

'근력만 놓고 보면 나 이상이다.'

크리스는 포식이불족발의 공격력에 주목했다.

'던전 제작자……. 전투 특화 클래스일 리 없다. 전투 관련 스킬이 무척 부족할 거야. 한데도 저만한 공격력을 발휘한다는 건 순전히 근력 스탯의 영향이겠지.'

포식이불족발의 근력이 높을 수 있는 근거는 충분했다. 던전 제작자를 건축가로 분류할 수 있었기 때문이다.

대장장이, 세공사, 재단사 등의 생산직은 아이템을 제작할 때마다 '모든 스탯이 소폭' 상승하는 것과 달리, 건축가들은 건물을 지을 때마다 '근력과 체력 2개 스탯이 대폭' 상승했으니까.

'그리드와 극검이 저자를 그토록 탐내는 이유를 알겠군.'

포식이불족발은 기본적으로 싸움을 잘했다. 동료들과 힘을 합친 그는 PvP에 완전 특화된 존재로 보였다.

과연 PvP 집단 블러드 카니발의 수장 출신답다.

'던전에서는 더 강해진단 말이지……? 나노 언젠가는 꼭 겨뤄 보고 싶군.'

포식이불족발.

일반 대중은 물론이고 최강자들의 관심까지 사로잡으며

화려한 데뷔에 성공한다.

† † †

『한국 우승! 한국이 토벌전에 이어서 성벽 쌓기에서도 금메달을 획득하였습니다!』

『한국이 단체전에서 금메달을… 그것도 2개나 가져갈 줄이야……. 예상은커녕 상상조차 못했던 전개가 나와 버렸군요…….』

『이건 엄청난 변수입니다. 미국은 금일 단체전에서 단 하나의 금메달도 획득하지 못했고, 캐나다는 미국과의 격차를 벌릴 수 있는 기회를 놓쳤습니다. 그 2개 국가를 쫓기 위해 노력하던 중국도 주춤하게 되었고요.』

한국이 1위 후보국 3개를 모조리 물먹인 셈이었다. 이로써 어느 국가가 종합 순위 1위에 오르게 될지 더욱더 미궁에 빠지고 말았다.

심지어.

**1위. 캐나다-금(5) 은(5) 동(1)**
**2위. 미국-금(4) 은(5) 동(2)**
**3위. 중국-금(3) 은(1) 동(1)**

**4위. 한국-금(2) 은(1) 동(0)**
**5위. 영국-금(1) 은(2) 동(4)**
**6위. 일본-금(0) 은(1) 동(3)**
**7위. 프랑스-금(0) 은(0) 동(3)**
**8위. 브라질-금(0) 은(0) 동(1)**

 금메달 2개를 확보한 한국의 종합 순위가 몇 계단이나 상승했다.

 한국에는 아직 유라와 극검, 그리고 그리드가 남아 있다는 점을 감안해 봤을 때 한국의 제3회 국가 대항전은 높은 순위로 마감될 가능성이 컸다.

 뚜껑을 열어 보기 전과는 완전히 다른 결과인 것이다.

 예상을 뛰어넘는 한국의 저력이 전 세계를 뒤집어 놓았고, 세계 각국이 한국 이야기로 들썩였다.

 한국은 완전히 축제 분위기였다.

 "국가 대항전 시즌마다 너무 즐겁네."

 "그러게 말이야. 작년하고 재작년에는 그리드가 활약해 주더니, 올해는 또 완전히 뉴 페이스가……."

 "아, 진짜 너무 행복하다! 올해도 국가 대항전 버프 얻을 수 있겠네!"

 "포식이불족발이 완전 짱이야. 나 앞으로 치킨 말고 족발 먹으면서 국대전 볼 거임."

이제 시작 • 127

"마봉식도 쩔지. 오한 스킬을 극한으로 육성하는 사람이 있을 줄은 꿈에도 몰랐네."

"그러게. 보통 오한은 쓰레기라고 평가해 왔잖아. 역시 고수가 되려면 특별한 안목이 있어야 돼."

"그래도 비올라가 없었으면 마봉식도 활약 별로 못했을 듯."

"환술사 실제로 처음 봄. 난이도 높아서 거의 하는 사람 없잖아."

기뻐하는 사람이 있으면 슬퍼하는 사람도 있게 마련!

한국이 한껏 들뜬 이때, 중국은 완전히 초상집 분위기였다.

넓디넓은 대륙의 15억 인민들이 분해서 어찌할 바를 몰랐다.

"이러다가 올해 국가 대항전도 한국보다 순위가 낮게 마감하는 거 아니야?"

"말도 안 돼! 인구가 고작 5천만 명밖에 안 되는 소국에서 왜 매번 저런 거물이 나타나는 거지? 납득할 수 없다고!"

한국인의 유전자가 특별히 뛰어난 거 아닐까?

누군가는 이런 의문을 품게 되었고, 의문을 품게 되었다는 것 자체에 분노했다.

저토록 작은 나라에게 우리 대국이 매번 발목을 잡히고 있다는 사실이 중국인들의 프라이드를 산산조각 냈다.

50인의 중국 선수 중 한 명인 장첸 또한 마찬가지였다.

중국이라는 대국에서 태어나, 세계 부대에 진출할 정도로 훌륭하게 성장한 본인에게 높은 자긍심을 품고 있던 그에게 있어서 작금의 현실은 극도로 분한 것이었다.

"은메달도… 은메달도 못 딴 게 말이 되니?"

토벌전에서 최후의 4국이 되어 결승전에 진출하였던 중국.

그들은 미국과 캐나다를 격파한 한국을 상대로 금메달은 못 딸지언정 은메달은 딸 수 있으리라 생각했었다.

하지만 현실은 참혹했다. 중국 선수들은 한국 선수들에게 철저히 짓밟히고 말았고, 4국 중 가장 먼저 탈락해 버렸다.

그 결과, 중국은 토벌전에서 단 하나의 메달도 따지 못했다.

중국에서 다섯 손가락 안에 드는 랭커를 출전시켰는데도 말이다. 손실이 무척 컸다.

흥분한 장쳰이 토벌전에 참가했던 선수들의 멱살을 붙잡았다.

"네들이 우리 대국에 이따위 수모를 안겨 놓고도 밥 먹고 살 수 있을 것 같니? 응?"

"켁! 켁켁!"

중국 랭커들 사이에서 장쳰은 또라이로 통했다. 고위 관료인 아버지의 위광을 등에 업은 장쳰은 정말 거침이 없었고 사람을 쉽게 해쳤다. 그가 늘 갖고 다니는 작은 나이프에 찔린 사람이 한둘이 아니라는 소문이다.

나이프를 꺼내 동료들을 위협하는 그에게 하오가 주의

이제 시작 • 129

를 주었다.

"그 손 놔라. 그들 또한 열심히 싸웠다. 마치 그들을 죄인인 양 비난하지 마."

"하오……!"

장첸의 충혈된 눈이 하오에게 꽂혔다. 당장이라도 하오를 찔러 죽일 기세로 살기를 내뿜는 그였다.

하지만 하오는 눈 한 번 깜빡 안 했다.

장첸이 등에 업고 있는 아버지의 위광도, 그가 직접 휘두르는 나이프도 하오에게는 아무런 위협도 되지 않았기 때문이다.

"칫!"

하오가 자신을 지그시 쳐다보자 결국 장첸이 꼬랑지를 내렸다. 동료 선수들의 멱살을 붙잡고 있던 손을 푼 그가 하오에게 들으라는 듯이 중얼거렸다.

"참 웃긴단 말이지? 한국 개 따위에게 두 번이나 무릎 꿇은 하찮은 놈이 무슨 염치로 여기 있는 걸까? 차라리 한국으로 가서 사는 편이 아이 낫니?"

"…그 이상 주둥이를 놀리면 큰코다치게 될 거다."

"아? 아니, 무섭게 와 그러니? 내가 너한테 뭐라고 했니? 했어? 아이야, 내는 혼잣말했을 뿐이야."

"쓰레기 새끼."

하오는 더 이상 상종하기 싫다는 듯이 장첸으로부터 등

을 돌렸다. 자신의 자리로 돌아가는 그에게 장첸이 이죽거렸다.

"근데 그거 아니? 인민들은 너를 증오하고 있어. 세계 무대에 설 때마다 빵쯔 따위에게 무릎 꿇는 네놈을 좋아할 사람이 어디 있간니? 조심해야 할 거야. 만약 올해도 이렇다 할 성적을 못 내면 쥐도 새도 모르게 죽는 수가 있어."

"……."

이건 괜한 협박이 아니라 진실이었다.

작년 국가 대항전에서 그리드에게 항복한 것으로 모자라 올해 또 배틀 필드에서 그리드에게 항복한 하오는 중국에서의 입지가 위험했다.

만약 장첸의 말대로 뚜렷한 성적을 거두지 못하고 귀국했다가는 인민들에게 날달걀을 맞는 수준이 아니라 칼침을 맞을 수도 있었다. 중국은 워낙 크고 사람도 많다 보니 흉포한 미친놈도 많았다.

하오가 입을 다물어 버리자 장첸이 낄낄 웃었다.

"반면 나는 인민들의 환호를 받지 아니하겠니? 네놈이 매번 무릎 꿇었던 그리드 놈을 올해는 내가 부숴 놓을 테니까 말이야."

장첸은 강력한 부와 권력을 이용해서 중국에 대규모 작업장을 설치했다.

그리고 100명이 넘는 고레벨 플레이어를 고용, 그들에게

레이드를 반복해서 돌게 만들고 그들이 획득한 레이드 아이템을 자신이 독점해 왔다.

현재 장첸은 단지 레벨만 높은 랭커가 아니라 막강한 템빨까지 갖춘 최강자 수준에 도달해 있었다. 그가 올해 PvP에 참가하겠다는 의사를 밝히자 하오가 양보했을 정도이다.

'그리드, 조심해라. 만에 하나 이놈에게 지면 온갖 모욕을 당하게 될 테니까.'

이런 상황에서도 조국의 성적보다는 그리드를 걱정하는가.

스스로의 마음을 깨닫고 쓴웃음 짓는 하오였다. 인민들에게 배신자로 낙인찍힌 것도 다 자업자득이란 생각이 들었다.

† † †

"어때?"

2개 종목을 석권하고 돌아온 포식이불족발 트리오의 목에 반짝반짝 빛나는 금메달이 걸려 있었다.

한국이 올해 최초로 딴 금메달이었다.

금메달을 실제로는 처음 보는 젊은 선수들의 두 눈이 금메달보다 더 반짝반짝 빛났다.

"형님, 누님들, 정말 멋지십니다!"

"존경해요!"

"솔직히 아이디만 봤을 때는… 아니다. 그냥 존경합니다!"

"후후훗."

동료 선수들의 열렬한 반응이 포식이불족발을 우쭐하게 만들었다. 의기양양해서 미소 짓는 그에게 다가온 그리드가 악수를 건넸다.

"고생 많았어. 축하하고, 고맙다."

"음… 험험, 순전히 나를 위해서 한 일인데 왜 네가 감사해하는 거지? 누가 보면 내가 널 위해서 금메달을 따 온 거라고 오해하겠군!"

얼떨결에 그리드의 손을 맞잡으려던 포식이불족발이 번뜩 정신을 차리고 쌀쌀맞게 말했다.

이미 지나간 일이라고는 하나, 그리드는 블러드 카니발을 해산시키고 광룡의 알까지 빼앗아 간 원수다.

내 능력이 부족하여 당한 것이고, 그러니까 원망하지 않겠노라 다짐했던 포식이불족발이지만 굳이 그리드와 친하게 지낼 생각도 없었다.

흥, 콧방귀 뀌고 물러나는 그를 대신해서 비올라가 그리드에게 다가왔다.

"족발이가 원래 속이 좀 좁아요. 팀빨왕 선하께서 너그럽게 이해해 줘요."

"……"

국가 대항전이 진행되는 기간 동안 그리드에게 계속 상

냥한 비올라였다.

 포식이불족발이 다른 선수들에게 둘러싸이는 모습을 확인한 그리드가 그녀에게 조심스럽게 물었다.

"당신은 나를 원망하지 않습니까?"

"당연히 원망하죠. 당신 때문에 우리의 큰 사업장이 붕괴됐는데."

"……."

"뭐, 하지만 원망한다고 해서 똑같이 되갚아 줄 생각은 없어요. 당신이 족발이를 대하는 태도를 보면 당신은 우리에게 전보다 큰 이익을 안겨 줄 사람처럼 보이거든요."

 제대로 봤다.

 그리드는 포식이불족발 일행을 반드시 템빨단에 들이고 싶었다. 그들을 곁에 둘 수만 있다면 템빨단의 전력은 급격히 상승할 것이 자명했다.

"사람 제대로 보셨군요. 저는 당신들을 원합니다. 우리는 서로에게 큰 도움이 될 수 있을 거라고 장담해요."

"저도 그렇게 생각해요. 하지만."

 하지만 역시 포식이불족발의 마음이 문제겠지. 포식이불족발의 마음을 열지 못하는 이상 동료가 되긴 어려울 것이다.

 생각하는 그리드에게 비올라가 전혀 다른 인물을 언급했다.

"우리 공주님께서는 죽었다 깨어나도 당신이 싫다네요. 그래서 아마 당분간은 함께할 수 없을 것 같아요."

"공주님?"

"블러드 카니발의 창립 멤버 중 가장 어린 아가씨예요. 파릇파릇한 여대생이랍니다? 후훗, 그 아이는 들고양이처럼 앙칼지니까 늘 조심하도록 하세요."

† † †

이틀 차 일정이 모두 끝났다.

6개의 단체전이 끝난 후 진행된 3개의 개인전에서 중국과 영국, 그리고 몽골이 금메달을 차지했다.

게임을 진행하는 과정에서 획득할 수 있는 단서를 토대로 10인의 NPC의 마음을 사로잡아야 하는 〈진실 게임〉.

후로이가 그 대회에 참가한 모습을 봤을 때만 해도 그리드는 '아, 글러 먹었다.'고 생각했지만, 예상외로 후로이는 대활약을 펼쳤다. 스트레스를 유발하는 난관에 직면할지언정 상대방 부모님을 언급하지 않고 침착한 말발로 NPC들을 현혹시키는 위엄을 선보였다. 그 모습을 보면서, 그리드는 후로이의 직업이 패드리퍼가 아니라 웅변가였다는 사실을 새삼 상기할 수 있었다.

이제 남은 종목은 9개.

바로 내일이면 제3회 국가 대항전도 끝이다.

그리고.

"이제부터지."

그리드, 유라, 극검, 툰.

한국의 주력 멤버들은 활약할 준비가 끝났다.

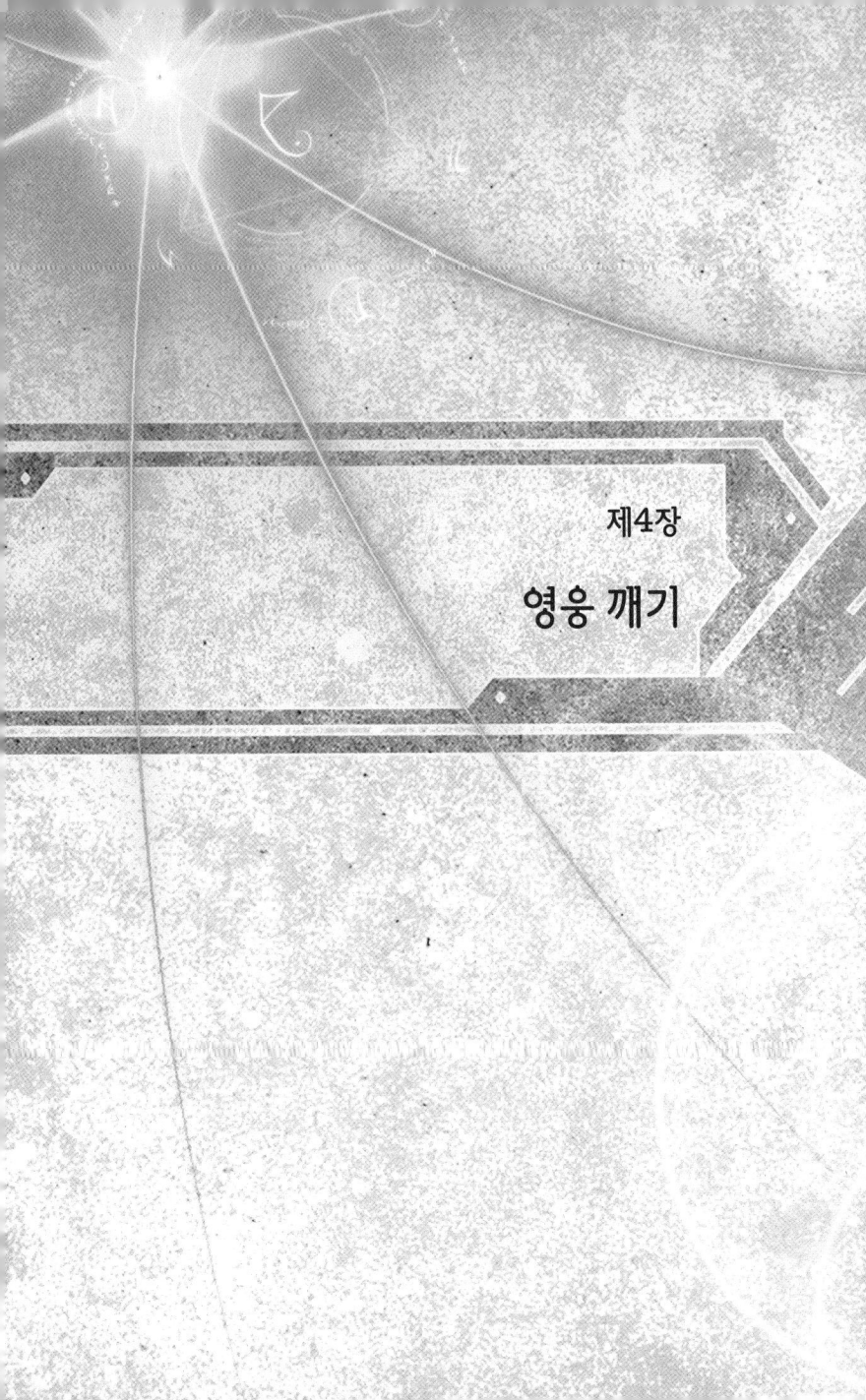

제4장

영웅 깨기

템빨

"으하하하핫! 일본인들이 의외로 음식 맛을 아는군! 아~ 주 훌륭한 미각을 지녔어!"

국가 대항전 이틀 차 일정이 모두 끝난 후.

유명한 식당에서 저녁 식사를 마치고 나온 극검이 한껏 들떴다. 지나가는 사람들을 얼싸안고 춤이라도 출 기세였다.

그의 기분이 이토록 좋은 이유?

"훗, 내가 금메달을 따 준 것이 어지간히도 기뻤나 보군."

포식이불족발은 이와 같이 생각했지만 실상은 전혀 달랐다.

"어느 식당을 가나 김치를 반찬으로 팔다니 말이야! 일본인들이 김치 맛을 아는 걸 보면 미각이 참으로 훌륭해! 제법이야! 푸하하하하핫!"

"……."

대한애국협회장 극검!

그는 일본에 체류하는 기간 동안 방문한 음식점 대부분에서 김치를 판매한다는 사실이 무척 기뻤다. 한국의 위대한 음식 문화가 일본인들의 마음을 완전히 사로잡았다고 해석하면서 한국인으로서 엄청난 자부심을 느꼈다.

"특히 김치를 돈 받고 파는 점이 아주 마음에 들어! 암! 그렇지! 김치처럼 훌륭한 음식은 응당 돈을 내고 먹어야지! 공짜로 막 퍼 주고 그러면 안 되지! 한국 식당들도 본받아서 김치 반찬은 따로 돈을 받아야 한다고! 암! 그렇고말고!"

"…아니, 일본은 원래부터가 대부분의 반찬이 유료……."

"크하하하하! 김치 만세다!"

"…미친놈."

남의 말은 귓등으로도 안 듣고 혼자만의 세상에 빠진 극검을 상대하는 일이란 여간 피곤한 게 아니었다.

혀를 찬 포식이불족발과 선수들이 극검을 방치한 채 자리를 떠났다.

그 탓에 극검과 단둘이 된 그리드가 눈살을 찌푸렸다.

"아니, 이 나라는 짬뽕 없냐?"

그렇다.

그리드 또한 혼자만의 세상에 빠져 있었다.

✝ ✝ ✝

『드디어 오늘이구요』

『네, 제3회 국가 대항전의 마지막 날입니다. 인기 종목들이 대거 진행되는 날이기 때문에 많은 분들께서 오늘만을 고대하셨죠.』

『아쉬워하는 분들이 더 많지만 말이죠. 국가 대항전 기간을 올림픽처럼 보름 이상으로 늘려야 한다는 주장이 각지에서 빗발치고 있다고 합니다.』

어쩌구저쩌구, 쏼라쏼라.

3일 차 대회 시작을 앞두고 각국 방송사의 해설진이 실컷 떠들어 댔다.

해설진 또한 관중이나 시청자들과 마찬가지로 한껏 흥분한 상태였다.

그들 모두 기대하는 것이다.

어느 국가가 종합 순위 5위 안에 들어서 조국에 버프를 안길지, 늘 화제를 몰고 왔던 표적 맞추기에서는 누가 우승을 차지할지, 자신에게 불리한 룰이 적용된 대장장이 승부에서 그리드는 과연 활약할 수 있을지, 올해도 크라우젤은 본인이 최강임을 증명할 수 있을지 등등.

금일 진행될 9개 종목 전부가 화제를 불러일으키기에 충분한 것이었고, 그 결과는 수십억 세계인의 기대감을 증폭시킬 만한 가치를 지녔다.

과연 어떤 전개가 펼쳐질까.

귀추가 주목되는 가운데.

『제3회 국가 대항전 3일 차 첫 경기를 지금! 바로 시작하겠습니다!』

"우와아아아아아아!"

3일 차 첫 경기가 시작됐다.

첫 번째 종목은 대장장이 승부!

국가 대항전 시즌마다 주인공급 활약을 펼쳤던 그리드가 출전하는 대회였다.

"멀리서나마 응원하겠습니다!"

"반드시 우승해 주세요! S.A그룹 놈들이 수작을 부려 봤자 당신께는 소용없다는 걸 증명해 주십시오!"

"그리드 님, 파이팅!"

한국 선수 대기실.

출전을 앞둔 그리드에게 한국의 젊은 선수들이 응원을 아끼지 않았다.

하나같이 선망에 찬 눈빛으로 자신을 바라보는 그들에게 그리드는 묘한 감정을 느꼈다.

'나를 보고 꿈을 키운 이들…….'

사람들에게 늘 무시당해 왔던 내가 누군가에게 선망의 대상이 되는 날이 올 줄이야.

그리드는 마치 꿈만 같았다. 몰래카메라라도 당하는 기분이었다.

하지만 이것은 현실이다.

두근! 두근!

그리드의 심장이 뛰었다.

그리드는 노력 끝에 쟁취한 이 현실이 하룻밤 꿈처럼 산산조각 나는 일을 원하지 않았다. 더욱더 자신을 증명하고 싶다는 열망이 그를 휘감았다.

재미있는 사실은, 열망의 형태가 이전과는 다소 다르다는 점이었다.

이전의 그리드는 오로지 자기 자신을 위해서 본인의 가치를 증명하고 싶어 했던 반면 지금은 달랐다. 자신을 선망하는 이들을 위해서, 그들의 믿음에 보답하기 위해서 가치를 증명하고 싶었다.

"나만 믿어."

이미 오태선에 극복한 싱크스.

믿음직한 표정으로 주문 같은 대사를 외친 그리드가 젊은 선수들에게 미소 짓는다.

젊은 선수들의 마음속에 영원히 각인될, 우상의 미소였다.

† † †

"이전에 내가 했던 말 기억하지?"

대장장이 승부의 무대에 접속한 그리드를 맞이한 사람은 다름 아닌 판미르였다.

게임 속 그의 모습은 현실보다 다소 젊었다. 4년 전에 만든 캐릭터의 모습을 갱신하지 않고 그대로 사용하고 있었기 때문이다.

속절없이 흐르는 세월을 붙잡고 싶다는 간절함이 엿보인다.

"오늘 금메달을 놓치게 되더라도 너무 좌절하지 마시게. 자네가 남들보다 못해서 지는 게 아니니까."

올해 대장장이 승부의 평가 기준은 순전히 '아이템 등급'이었다. 아이템 성능은 평가에 적용되지 않았고, 이는 남들보다 뛰어난 아이템을 제작할 수 있는 그리드를 명백한 피해자로 만들었다.

판미르는 그리드를 동정하고 있었다. 여론을 의식한 대기업의 횡포에 희생당하는 어린양으로 보았다.

그에게 적의가 없음을 알고 있는 그리드가 상냥한 태도를 취했다.

"격려, 잘 받도록 하죠."

"허허… 과연 일국의 왕답군. 이 불합리한 상황을 그토록 침착하게 대면할 수 있다니. 자네의 그 견고한 정신력에 찬사를 보내네."

지난 수년 동안 대장장이 랭킹 1위로 군림하였던 판미르는 슬픈 진실을 알고 있다.

그 어떤 최상급 도안일지언정 제작 아이템의 등급을 최소 '에픽'밖에 보장해 주지 않는다는 사실 말이다.

'그리드 또한 상황은 같을 터.'

나를 비롯한 다른 참가자들과 마찬가지로, 그리드 또한 유니크 이상의 등급을 보장받는 제작법은 구하지 못했을 것이다.

그리드보다 실력이 못한 우리가 이번 대회에서만큼은 그와 동등한 입장이 된 것이다.

'여태껏 모든 아이템을 손수 만들면서 쌓아 올린 자네의 그 실력이 무의미해지는 순간이구만……'

아쉬움에 입맛을 다신 판미르가 시간을 확인하더니 자신의 자리로 돌아갔다.

잠시 후.

모든 선수들이 각자 자신이 배정받은 용광로 앞에 선 모습을 확인한 사회자가 진행을 시작했다.

"여러분, 보이십니까? 올해 대장장이 승부의 출전자는 무려 50명입니다! 올해 국가 대항전에 참가한 50개국 전부가 대장장이 승부에 자국 선수를 출전시켰습니다!"

영웅 깨기 • 145

아이템 제작의 결과물은 순전히 운이다.

제작자의 역량에 따라서 성능은 판이할지 몰라도 등급만큼은 제작자의 영향을 받지 않는다. 확률적으로 정해지는 부분이었다.

결국 대장장이 승부에는 우승 후보가 없는 셈이다. 그냥 제일 운 좋은 사람이 우승하는 구조였다. 참가 희망자가 많을 수밖에 없었다.

'오늘을 위해서 밤새 기도를 올리고 왔다고!'

'나는 절에 공양을 했지!'

'토템에 대고 간절히 빌었다. 제발 유니크 등급의 아이템이 뜨게 해 달라고!'

순교자가 된 대장장이들!

자신의 눈빛처럼 이글이글 타오르는 용광로의 화력을 조절하는 그들은 모두가 우승을 꿈꿨다. 그들 모두 이번 승부에 대비해서 준비한 최고의 제작법을 꺼냈다.

제작 결과물의 등급을 최소 에픽으로 보장받는 최상급 제작법이었다.

'올해는 반드시 그리드를 잡겠다!'

제작법에 적합한 재료를 꺼낸 대장장이들이 아이템 제작을 시작했다.

5열로 늘어선 수십 명의 대장장이가 일제히 망치를 휘두르는 모습은 실로 장관이었다.

대규모 대장간을 보유한 템빨국에서는 흔히 볼 수 있는 광경이었지만 말이다.

『작년에 그리드 선수가 성장형 아이템을 제작해서 우승한 것을 기억하는 분들이 많으실 겁니다. 당시에 성장형 아이템의 잠재력을 높이 평가한 심사단은 그리드 선수의 목에 금메달을 걸어 주었죠.』

『그게 화근이었습니다. 많은 국가에서 반발이 빗발쳤죠. 사람들은 아무리 성장형 아이템일지언정 당장 노멀 등급에 불과했던 그리드의 제작 아이템이 과연 금메달의 가치가 있었느냐며 의문을 제기했습니다.』

『당시에 들끓었던 여론의 결과가 작금입니다. 올해 대장장이 승부의 평가 방식은 오로지 아이템의 등급. 고등급의 아이템을 제작한 사람이 우승을 차지하게 되죠.』

『대장장이 랭커들이 레전드리 등급의 아이템을 제작할 수 있는 최소 자격을 달성했다는 소문이 돌고 있는데요. 만약 여러 명의 선수가 레전드리 등급의 아이템을 제작하게 되면 어떻게 되는 겁니까?』

『그 선수들만 따로 선별하여 재대결을 진행하게 됩니다.』

『아, 그렇군요. 흠… 결과가 정말로 궁금합니다. 그리드 선수가 보유하고 있는 것으로 추측되는 '유일한 레전드리 제작자'라는 칭호가 오늘로써 막을 내리게 될지. 만약 그렇다면 어떤 선수가 레전드리 등급의 아이템을 제작하게 될지 참으로 기대되는군요.』

유일한 레전드리 아이템 제작자.

손재주를 350이나 상승시켜 주는 이 고유 칭호의 수명이 유한하다는 사실, 그리드는 이미 신화급 아이템을 제작했던 시점부터 인지하고 있었다.

본래 신화급 아이템을 제작할 수 없었던 본인이 시대의 흐름에 따라서 성장하고 신화급 아이템을 제작할 수 있었던 것과 같은 이치로, 다른 대장장이들 또한 레전드리 등급의 아이템을 넘보게 될 것임을 유추하는 일은 어렵지 않았다.

'아마 이 칭호는.'

다른 대장장이가 레전드리 아이템을 제작하는 순간 〈최초의 레전드리 아이템 제작자〉로 변경될 가능성이 크다.

'손재주 350을 올려 주는 효과가 그대로 유지될지는 모르겠다만.'

만약 칭호 효과가 너프라도 먹으면 고객센터에 기필코 따지리라.

다짐한 그리드가 아이템 제작법을 꺼냈다.

〈도안:실패작〉이었다.

그리드가 최초로 창조한 아이템 제작법이자, 최소 등급을 무려 '유니크'로 보장받는 제작법.

'이번에 변경된 규칙은 나를 저격한 게 아니야.'

오직 그리드만 알고 있다.

다른 사람들은 상상도 못하는 일이었지만, 이번 대장장이 승부의 규칙은 그리드를 저격한 게 아니다. S.A그룹은 단지 여론을 의식했을 뿐, 그리드 개인의 권리를 침해하지는 않았다.

되도록 공정하게 게임을 운영해야 하는 회사의 입장에서는 당연한 일이었다. 특정한 누군가에게 부당한 이익이나 불이익을 주는 행위는 최대한 배제하고자 노력하는 것이 S.A그룹의 태도였다.

"자, 그럼."

그리드가 이번 대회를 위해서 준비한 대량의 푸른 오리하르콘을 꺼냈다.

"제작을 시작해 볼까."

벌써 수년째 함께해 온 제작 망치를 거머쥐는 그리드.

그의 목표는 당연히 레전드리 등급의 실패작이었다.

어중간하게 유니크 등급이 제작됐다가는 재대결을 펼치게 될 공산이 컸기 때문이다.

'50명 중에 1명쯤은 유니크 아이템을 만들 수도 있을 테니까.'

하지만 그리드가 장담컨대.

'3시간이라는 제한 시간 안에 레전드리 등급의 아이템을 제작할 수 있는 사람은 나밖에 없다.'

그 확률이 1퍼센트도 안 되겠지만.

꾸욱!

망치를 쥔 손에 힘이 들어간다.

오늘 새롭게 탄생할 레전드리 등급의 실패작, 크리스한테 팔면 딱 좋을 거라고 생각하면서 그는 작업을 시작했다.

† † †

따앙! 따앙!

대장장이 승부가 시작되고 2시간이 지났을 무렵.

열심히 망치질 중인 그리드를 지켜보는 관중들의 눈빛에 측은지심이 깃들었다.

이번에 개정된 규칙 때문에 전설의 대장장이라는 직업 혜택을 받을 수 없게 된 그가 사람들은 불쌍해 보였다.

"허무하겠네."

"내가 그리드면 S.A그룹 본사로 찾아가서 뒤집어엎고도 남았다. 솔직히 특정 선수 저격은 너무하지."

"하지만 그리드는 이번 사태에 대해서 일언반구도 없었어. 그가 얼마나 그릇이 큰 사람인지 다시금 깨달을 수 있었지."

"괜히 왕이겠어? 그리드는 수천 명의 가신과 수십만의 백성을 거느린 거물 중의 거물이야. 마음이 바다처럼 넓을 거라고."

"어쩌면 그렇지 않을 수도 있지. 이번 사태에 대해서 명백히 분노하고 있을 수도 있어. 다만, 자신이 섣부른 태도를 취했다가는 자신을 따르는 사람들이 망신을 당할 수도 있으니까 인내하는 걸 테지."

"아직 나이가 서른이 안 되지 않았나? 나이에 비해서 생각이 무척 깊군그래. 내 나이가 올해 오십이 넘었는데도 존경스러울 지경이야."

대장장이들의 아이템 제작 과정은 화려하지 않았다.

그저 쇠를 달구고, 식히고, 때리기를 반복하는 단순 작업이었다.

하지만 묘한 중독성이 있었다. 대장장이들의 힘차면서도 섬세한 작업 과정은 지켜보는 이들도 집중하게 만들었다.

"제한 시간이 끝났습니다!"

잠시 구경하고 있었던 것 같은데 어느덧 3시간이 지났다.

어떤 대장장이는 자신이 제작한 아이템의 결과물이 흡족하다는 듯이 미소 짓고 있었고, 또 어떤 대장장이는 실망스럽다는 듯이 울상이었다. 누군가는 시간을 더 달라고 소란을 피우다가 탈락당했다.

"그리드는?"

관중들의 시선이 그리드에게 꽂혔다.

그리드의 앞에는 상어의 모습을 닮은 투명하고 푸른 대검이 놓여 있었다.

"오! 저거!"

그리드가 한때 애용했던 대검이다.

실패작을 알아본 관중들이 흥분했고, 심사단은 선수들이 제작한 아이템의 정보를 확인하기 시작했다.

판미르는 미소 짓고 있었다.

'좋아. 유니크가 떴다. 운이 좋았어!'

레전드리가 뜨는 건 기대도 하지 않았다.

레전드리 아이템을 제작할 확률은 고작 0.01퍼센트에 불과했으니까.

판미르는 충분히 만족스러웠다.

이 짧은 시간 안에 레전드리 아이템을 제작한 사람은 단 한 명도 없을 터. 판미르는 이대로 자신이 우승하거나 자신만큼 운 좋은 누군가와 재대결을 진행하게 될 것으로 예상했다.

마침 심사단이 심사를 끝내고 있었다.

심사 결과를 전달받은 사회자가 즉시 소리쳤다.

"그리드 우승!"

"응?"

"그리드 선수가 레전드리 등급의 아이템을 제작함으로써

대장장이 승부 2년 연속 우승자가 되었습니다!"

"응??"

두 눈을 동그랗게 뜬 채 고개를 갸웃거리는 판미르의 모습, 마치 나사가 하나 빠진 사람 같았다.

† † †

'그리드가 레전드리 아이템을 만들었다고? 심지어 이토록 짧은 시간 만에?'

판미르는 그리드의 레전드리 아이템 제작 확률을 0.01퍼센트 미만으로 분석하고 있었다.

근거는 충분했다.

그리드가 파그마의 후예로 전직한 시점은 최소 3~4년 전. 즉, 그리드는 벌써 3~4년 전부터 레전드리 아이템을 제작할 수 있는 자격을 갖췄다는 뜻이 된다. Satisfy 시간으로는 무려 10년이 넘는 세월이다.

한데, 그 긴 세월 동안 그리드가 제작한 레전드리 아이템은 고작 10개 이하로 추정됐다.

'푸른 대검과 묵색 대검, 그리고 질목의 비늘 갑옷 등……'

그리드는 똑같은 아이템을 벌써 몇 년째 꾸준히 사용해 오고 있었으니까.

템빨왕이라는 이명과 어울리지 않게도, 그는 아이템 기근

현상을 심하게 겪고 있는 것이다.

판미르는 이를 토대로 그리드의 레전드리 아이템 제작 확률을 무척 낮게 보았고, 이번 대회에서 그리드가 레전드리 아이템을 제작할 가능성은 거의 제로에 가깝다고 확신할 수 있었다. 자신과 입장이 다르지 않을 거라고 생각했다.

하지만 진실은?

⟨(신의 기술을 넘보는)전설적 대장장이의 기술⟩ Lv.8

발전에 발전을 거듭한 그리드의 대장장이 기술은 이제 전보다 훨씬 더 뛰어난 성능을 자랑했다.

과거의 그리드는 '매우 희박'한 확률로 레전드리 아이템을 제작할 수 있었던 반면, 지금의 그리드는 '희박'한 확률로 레전드리 아이템을 제작할 수 있었다.

그뿐만이 아니다.

그리드에게는 본인이 직접 설계하고 제작한 ⟨전설의 대장장이 망치⟩가 있다. 레전드리 아이템의 제작 확률을 무려 1퍼센트나 올려 주는 망치 말이다.

이론적으로 그리드는 100개의 아이템 중 1개를 레전드리로 띄울 수 있었다.

하지만 그럼에도 불구하고 그리드가 여태껏 만든 레전드리 아이템이 적은 이유?

순전히 재수가 없었기 때문이다.

그리드라는 인물 개인이 타고난 악운이 시스템적 확률을 퇴색시켜 왔다.

S.A그룹 운영팀장 윤나희는 아직도 생생하게 기억한다.

수년 전, 그리드가 운영팀에 보내왔던 수십 통의 이메일 내용을 말이다.

〈운영자님아, 저 전설의 대장장이라고 하는데요. 저는 분명히 제작법대로 아이템을 만드는데도 왜 맨날 노멀 아이템만 만들어지는 거죠? 버근가요?〉

〈영자님아? 저번에 메일 보낸 사람인데요. 아이템 하나를 몇 시간 동안 정성 들여서 만드는데도 왜 노멀이나 레어만 뜨죠? 심지어 레어도 잘 안 뜸.〉

〈야, 이 사기꾼 XX들아! 내가 벌써 아이템을 수백 개를 만들었는데 에픽 이상이 안 뜬다! 앙? 이게 말이냐, 방귀냐! 명색이 전설의 대장장이인데 왜 전설 템을 못 만드냐고, 이 XXX들아! 이게 버그 아니면 조작이지 뭐냐? 어? 어?〉

〈아오, XX 이 사기꾼 새끼들, 내가 꼭 본사로 찾아가야 돼? 좋은 말로 할 때 조작질 그만뭐라?〉

"……"

내용의 태반이 육두문자로 도배되었던 그리드의 메일.

당시의 윤나희 팀장과 운영팀원들은 그리드에게 그 어떠한 제재도 가하지 않았다. 그의 몰지각한 행동을 조용히 눈감아 줬다.

너무나도 불쌍했기 때문이다.

당시 그리드의 아이템 제작 확률은 운영팀이 봐도 너무 낮았다. 운영팀조차도 버그를 의심해서 조사해 봤을 지경이다.

물론 결론은 버그가 아니었다. 그저 그리드의 운이 나쁜 것으로 밝혀졌다. 운영팀 전원이 그리드를 동정했었다.

'그때는 상상도 못했지.'

대장장이 승부의 결과를 확인한 윤나희 팀장의 입가에 미소가 번진다.

'저 사람이 이런 거물이 될 거라고는.'

그리드가 평소에 축적하는 불운은 중요한 순간마다 행운이라는 잭팟을 터뜨렸다.

그게 가능했던 이유는, 그리드가 자신을 괴롭히는 불운에 좌절하거나 포기하기는커녕 끝까지 맞서 싸웠기 때문일 것이다.

윤나희 팀장이 그리드에게 경의를 표했다.

"축하해요. 앞으로도 계속 승승장구하시기를 바라죠."

'…운 또한 실력. 나의 패배는 당연한 수순이었다.'

상대는 무려 전설의 대장장이.

애초에 전설로 전직한 것부터가 그의 행운이 나의 행운을 압도하고 있음을 시사한다.

판미르는 그리드에게 2년 연속으로 패배한 것을 납득하고자 노력했다.

하지만 역시 쉽지는 않았다. 지난 세월 동안 자신이 노력해 온 것이 무의미하단 생각이 들자 강한 허무에 휩싸였다.

재단사 승부와 세공사 승부를 보라.

그 2개 종목 모두 재단사 랭킹 1위와 세공사 랭킹 1위가 우승을 차지하고 금메달을 목에 걸었다.

반면 대장장이 랭킹 1위인 자신은 여태까지 단 하나의 금메달도 목에 걸어 보지 못했다.

'나 따위가 노력해 봤자 부질없구나.'

하늘은 왜 나와 그리드를 동시대에 낳았는가!

판미르가 한탄하며 좌절하는 그때, 〈실패작〉의 성능이 대중에게 공개되고 있었다.

"와, 성능 봐라. 진짜 미쳤다."

"저게 제작 아이템이라고? 제작 아이템이 드롭 아이템보다 훨씬 더 좋은데?"

"아니, 뭐야? 저거 심지어 그리드가 창조한 아이템임?"

"그래서 이름이 실패작……."

"저게 실패작이면 성공작은 대체……?"

그리드의 첫 창조물인 실패작은 현재 그리드의 기준에서 2티어 아이템에 불과했다. 주작궁이나 열망의 무아검 등과 비교하면 실패작은 많이 부족한 아이템이었다. 하지만 대중에게는 실패작이 지존 무기로 인식되고도 남았다.

각국 포털 사이트 실시간 검색어에 실패작과 성공작이 올랐고, 네티즌들은 존재하지도 않는 성공작의 성능을 분석하느라 바빴다.

소란 속에서.

"판미르."

그리드가 판미르에게 다가왔다.

그리드는 걱정하고 있었다.

판미르의 눈빛이 과거, 아들을 잃고 시름에 젖었던 칸의 눈빛을 쏙 빼닮아 있었기 때문이다.

마치 당장이라도 게임을 접을 듯한 기세였다.

그리드의 입장에서는 원치 않는 전개였다.

뛰어난 대장장이는 템빨국에 꼭 필요한 인재였으니까!

"이것 좀 보시죠."

[플레이어 그리드가 당신에게 아이템의 정보를 공유하고자 합니다. 수락하시겠습니까?]

"……?"

판미르의 어안이 벙벙해졌다.

갑자기 망치를 건네 오는 그리드의 행동을 그는 이해하기 힘들었다.

"헉……!"

의아해하면서 정보 공유를 수락한 판미르.

마치 귀신이라도 본 듯이 그의 두 눈이 찢어져라 커진다.

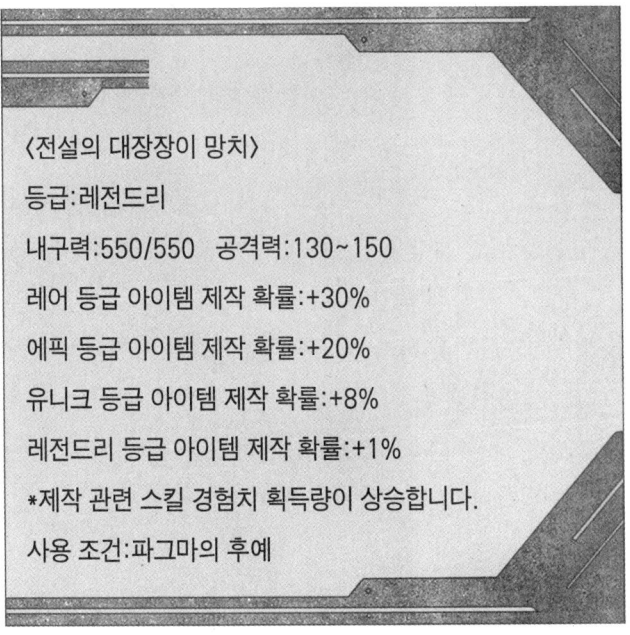

〈전설의 대장장이 망치〉
등급:레전드리
내구력:550/550  공격력:130~150
레어 등급 아이템 제작 확률:+30%
에픽 등급 아이템 제작 확률:+20%
유니크 등급 아이템 제작 확률:+8%
레전드리 등급 아이템 제작 확률:+1%
*제작 관련 스킬 경험치 획득량이 상승합니다.
사용 조건:파그마의 후예

"이, 이럴 수가!"

13년.

Satisfy에서 판미르가 대장장이로 활동해 온 기간이다.

판미르는 그 긴 세월 동안 셀 수 없이 많은 아이템을 제작하고 온갖 고난이도 퀘스트를 클리어했기 때문에 0.01퍼센트의 레전드리 아이템 제작 확률을 얻을 수 있었다.

한데, 그리드의 제작용 망치가 올려 주는 레전드리 아이템 제작 확률이 1퍼센트인 것이다.

템빨 앞에 다 부질없었다.

비틀!

또다시 큰 충격을 받은 판미르가 휘청거렸다. 다리에 힘이 풀려 제자리에 쓰러지려는 것이었다.

그를.

"당신을 위한 제작용 망치를 만들어 드리겠습니다."

그리드가 부축해 주었다.

판미르의 두꺼운 허리를 감싸 안고 시선을 가까이 마주친 그리드가 제안했다.

"조건은 당신이 템빨국으로 이주해 오는 것. 판미르, 저는 당신을 원합니다. 부디 템빨단에 가입해 주십시오."

"…하, 하지만."

판미르는 그리드의 제안에 무척 큰 욕심이 생겼다. 잃었던 의욕이 다시 들끓을 정도였다.

하지만 드워프의 나라에서 에고 아이템 제작법을 습득한 이후, 현재 판미르는 제국의 차석 대장장이가 된 상태였다. 쟁쟁한 장인급 NPC들을 제치고 황제에게 직접 인정을 받았다.

대륙을 지배하는 제국의 비호를 받게 된 그에게는 남부럽지 않은 부와 권력이 있었다.

그 모든 걸 포기하고 템빨국으로 이주할 가치가 있을까?

망설이는 판미르에게 그리드가 현실을 주지시켰다.

"세상에 템빨보다 더 중요한 것이 있을까요? 제국은 당신에게 템빨을 주지 못합니다."

"웃……!"

판미르의 마음속 안개가 걷힌다.

인생은 템빨!

지고의 진리를 깨달은 그의 망설임이 사라진다.

"알겠네……! 내 곧바로 템빨단에 가입 신청을 넣도록 하겠네!"

"정확히는 템빨단이 아니라 템빨 인력소… 아니, 템빨단 2군에 신청을 넣으셔야 합니다. 거기가 비전투 직업군을 수용하는 곳이거든요."

"웅……? 아, 알았네."

인력소라는 말은 내가 잘못 들은 거겠지?

두 귀를 의심한 판미르가 넙죽 고개를 끄덕였다.

그리고.

"뭐지……?"

중년의 아저씨와 젊은 청년이 부둥켜안은 채 서로 속삭이는 모습, 수많은 시청자들과 관중이 목격하고 말았다.

많은 사람들이 그리드와 판미르의 사이를 오해했다. 판미르의 얼굴에 떠 있는 홍조가 오해에 더 큰 힘을 실었다.

'뭔가 좀 싸한데.'

그리드는 등골이 오싹해졌지만 크게 괘념치 않았다.

어찌 됐든 오늘은 템빨국에 든든한 노동력… 아니, 최고의 인재가 확보된 기념비적인 날이었으니까. 그리드는 그저 기쁠 뿐이었다.

국가 대항전이 거듭될수록 그리드가 얻는 것은 이토록 컸다.

† † †

"한심하군."

미국 선수 대기실.

경기를 마치고 돌아온 판미르를 스컬이 비난했다.

판미르가 그리드에게 2년 연속으로 패배한 것을 문제 삼는 것이 아니다. 은메달을 획득한 판미르는 비난이 아니라 칭찬받아 마땅했으니까.

스컬이 분노하는 부분은, 판미르가 그리드의 회유에 넘어갔다는 점이었다.

"다른 대장장이들이 나오면서 하는 이야기를 들었다. 당신, 템빨단에 가입하기로 했다며?"

"그렇다네."

"큭……! 당신은 자존심도 없나? 하필이면 섬겨도 그리드를 섬기겠다고? 운 좋게 전설의 대장장이로 전직한 덕분에 당신의 모든 것을 부정하고 있는 그리드를?"

"그의 위업을 단지 행운 하나로 폄하하지 말게."

"미쳐도 단단히 미쳤군! 고작 템빨 따위에 눈이 멀어서 제정신이 아니야!"

사실 내심 판미르를 동경하고 있는 스컬이었다.

노년에 접어드는 나이임에도 불구하고 자신의 분야에서 정점을 찍은 판미르를 스컬은 존경했다.

그래서 더욱더 실망감이 컸다.

"판미르……! 나는……! 나는 당신이 끝까지 그리드에게 저항하고 종국에는 그리드를 넘어서는 모습을 보고 싶었다!"

"…미안하네."

스컬이 자신을 좋아한다는 사실, 판미르라고 모를 리 없다.

판미르는 쓸쓸한 미소를 지을 수밖에 없었다.

"나는 결코 당신처럼 되지 않을 거다! 템빨 따위, 실력으로 부정해 보이겠어!"

선언한 스컬이 대기실을 뛰쳐나갔다.

그리고 2시간 후.

"…나도 템빨단 가입 가능?"

〈몬스터 장애물 경주〉에 출전했다가 지슈카의 〈주작궁〉에 개처럼 얻어맞고 탈락한 스컬이 남몰래 그리드를 찾아갔다.

템빨의 진정한 위력을 깨달은 그였다.

† † †

각기 다른 보스 몬스터가 수호하는 13개의 관문을 돌파하고 종착지에 도달할 것.

몬스터 장애물 경주의 목표다.

성검 뽑기가 무력과 지력을 겸비해야 하는 종목이었다면, 보스 몬스터를 연속으로 레이드함과 동시에 장거리를 이동해야 하는 이 몬스터 장애물 경주는 무력과 체력을 겸비해야 하는 종목이었다.

그리고 여기서 말하는 체력이란 스태미나다.

연속적으로 진행되는 레이드와 험난한 지형을 이동하는 과정에서 플레이어의 스태미나는 빠르게 소모될 수밖에 없었고, 이로 인해 참가자의 기본 덕목은 높은 스태미나 총량과 능숙한 스태미나 관리였다.

몬스터 장애물 경주에 참가한 15명의 참가자 전원이 각국을 대표하는 최강자인 것은 당연한 현상이었다.

템빨단 소속은 지슈카 한 명밖에 없다는 것이 의아한 부분이었지만, 어찌 됐든 사람들은 치열한 전투를 예상했다.

하지만 전개는 모두의 예상과 달랐다.

"날아오르라!"

끼이이이이이이이이이-!

펑! 쿠콰콰콰콰콰콰쾅!

"뭣……!"

"이런 미친! 으아아아아악!"

단 한 명의 압도적 선전!

세 번째 관문의 보스 몬스터인 〈핑키 드래곤〉 위에 올라탄 지슈카.

그녀가 참가자 전원을 자신의 시야 안에 담은 순간 경기는 이미 끝났다고 표현해도 무방했다.

압도적인 공격력을 자랑하는 주작궁의 폭격이 참가자 전원에게 치명상을 입혔고, 웬 인간이 자신의 등 위에 올라타자 놀라 미쳐 날뛰는 핑키 드래곤의 브레스가 상처 입은 참가자 중 몇 명을 잿빛으로 산화시켜 버렸다.

"핑키 드래곤에 탑승하고도 불타지 않는 것 봐라……. 저거 사기라니까?"

"참가 안 하길 잘했네."

각국 선수 대기실의 템빨단원들이 혀를 내둘렀다.

주작궁의 옵션을 알고 있는 그들의 입장에서 지슈카와 같은 종목에 출전한다는 건 무척 꺼려지는 일이었다.

진행자가 소리치고 있었다.

『지, 지슈카 우승! 브라질이 귀중한 금메달의 획득에 성공하였습니다!』

다른 선수들은 관문을 돌파할 때마다 눈에 띄게 지치는 반면 끝까지 혼자 팔팔한 지슈카였다. 순식간에 13관문을 돌파한 지슈카가 자신에게 집중되는 수백 대의 카메라에게 화사한 미소를 그려 주었다.
어느 각도로 보나 아름다운 그녀의 모습에 세계 각지의 남성들이 심쿵하였지만.
"그리드도 남은 경기 힘내. 쪽!"
지슈카의 관심사는 오로지 그리드 일인이었으니…….
"우우! 우우우우!"
"그리드, 죽어라!"
관중들의 분노에 찬 야유가 도쿄 돔, 아니 지구 전체를 쩌렁쩌렁 울렸다.

"저런 미인의 격려를 받아서 좋겠어요? 초코 푸딩이 오늘따라 더 달콤하겠네요?"
"……?"
한국 선수 대기실.

그리드는 유라로부터 이유 모를 핀잔을 받아야 했다.

† † †

국가 대항전 마지막 날.

사람들의 바람과 달리 시간은 빠르게 흘렀고, 금일 진행될 예정이었던 총 9개의 종목 중에서 벌써 4개의 종목이 끝을 맞이했다.

1년에 단 한 번뿐인 세계인의 축제도 이제 막을 내릴 시간이 머지않은 것이다.

"미안하군."

2개 종목에 출전하여 2개의 동메달을 따고 돌아온 툰이 그리드에게 사죄했다.

그리드 입장에선 난감한 일이었다.

"그렇게 잘해 놓고 왜 사과를 해? 너는 훌륭했어. 소중한 메달 2개 고맙다."

"그래, 툰! 정말 잘 싸웠다고! 국민들 모두 기뻐하고 있을 거야!"

"하지만……."

툰의 시선이 전광판에 꽂혔다.

도쿄 돔 중앙을 장식하고 있는 초대형 전광판에는 종합 순위 현황이 떠오르고 있었다.

**1위. 미국-금(5) 은(7) 동(3)**
**2위. 캐나다-금(5) 은(5) 동(4)**
**3위. 중국-금(4) 은(2) 동(1)**
**4위. 영국-금(3) 은(2) 동(4)**
**5위. 한국-금(3) 은(1) 동(2)**
**6위. 브라질-금(1) 은(0) 동(1)**
**7위. 몽골-금(1) 은(0) 동(0)**
**8위. 일본-금(0) 은(2) 동(3)**
**9위. 이탈리아-금(0) 은(2) 동(0)**
**10위. 프랑스-금(0) 은(1) 동(4)**

동메달은 순위에 큰 영향을 미치지 못하는 것이 현실이다. 동메달 수십 개보다 은메달 하나의 가치가 더 높았다.

툰이 자부심을 품지 못하는 이유다.

툰은 자신이 메달을 따기 전과 후의 한국 순위가 똑같다는 사실에 좌절했다.

"꼭 한국이 1위가 되기를 바랐다……. 그리드 너와 너의 가족들을 기쁘게 해 주고 싶었다……. 하지만……."

툰은 자신을 낳아 준 부모의 얼굴조차 모르는 고아다.

철이 들었을 무렵부터 이미 뒷세계에 몸담고 있었던 그는 Satisfy를 접하기 전까지 쭉 마피아로 활동해 왔다. 이탈리아 최악의 범죄자였던 그는 그 누구에게도 사랑받지 못했다.

하지만 그리드와 그의 가족들은 달랐다.

한국을 방문한 툰을 그리드의 가족들은 따스하게 맞이해 주었다.

외눈박이의 흉악범을 그들은 단지 아들의, 오빠의 친구라는 이유로 믿어 주었고 아껴 주었다.

마치 친자식처럼, 친오빠처럼.

툰은 그들과 나란히 밥상에 앉을 때마다 마음이 너무 따뜻해졌다. 생전 처음 느껴 보는 기분이었다. 행복에 겨워 잠들기 전마다 몇 번을 울었는지 모른다.

남들보다 훨씬 더 늦게 알게 된 행복…….

툰은 자신에게 행복을 알려 준 이들에게 도움이 되고 싶었다. 간절한 바람이었다.

하지만 실상은 전혀 도움이 안 되는 것이다.

"나는 유라가 얼마나 훌륭한 인물인지 알고 있다. 하지만 주작궁을 무장한 지슈카를 상대로 그녀가 표적 맞추기에서 금메달을 딴다는 건 어려운 일이겠지."

"……."

"그리고 극검은……. 그리드 네가 PvP에서 크라우젤을 꺾고 금메달은 목에 걸지라도 한국은 결국 종합 순위 1위를 차지하지 못할 거야. 이 모든 게 나의 무능함 때문이다."

"왜 나는 생략하는 건데?"

극검이 따지고 들었지만 툰의 귀에는 그의 목소리가 들

리지 않았다. 스스로의 무력함에 분함을 느끼며 눈시울을 붉힐 뿐이었다.

고개 숙이고 있는 그의 얼굴을 그리드가 커다란 손으로 감싸 주었다.

"고개 들어. 너는 내 보디가드잖아? 네가 땅만 보고 있으면 누가 나를 지켜 주냐? 그리고 유라와 극검이라면 걱정 마. 둘 모두 우리에게 금메달을 안겨 줄 거니까."

"……?"

한국의 종합 순위 1위는 현실적으로 불가능하다.

슬슬 현실을 깨닫고 있던 한국 선수들 모두가 얼떨떨한 표정으로 그리드에게 시선을 돌렸다. 그의 목소리에서 충만한 자신감이 느껴졌기 때문이다.

그리드는 웃고 있었다.

"잠깐 게임에 접속하자."

대기실 구석에 구비되어 있는 캡슐을 가리킨 그리드가 유라와 극검을 호명했다.

"우리도 1위 한번 해 봐야지? 언제까지 2등만 할 수는 없잖아. 안 그래?"

"……?"

"천하의 템빨왕께서는 어지간히도 동료들을 아끼시는군."

그리드가 유라와 극검에게 무슨 짓을 벌였는지 알게 된 포식이불족발이 혀를 내두르자 비올라가 싱글벙글 웃었다.

"마치 포식이불족발 님처럼 말이지?"

"쓸데없는 말은 관둬."

얼굴을 붉히는 포식이불족발의 눈길이 그리드로부터 떨어지질 않는다. 그는 그리드의 일거수일투족에 흥미를 느끼고 있었다.

† † †

표적 맞추기는 매해 화제를 낳아 온 최고의 인기 종목이다.

그리드가 자신의 존재를 세상에 알린 종목이기도 하다.

하지만 올해 표적 맞추기에 출전한 사람은 그리드가 아니라 유라였다.

개정된 룰에 따라서 1인 참가 게임으로 변경된 표적 맞추기의 우승 후보는 당연히 지슈카였다.

그녀가 소환하는 주작이 내리는 불의 비가 맵 안의 표적들과 경쟁자들을 동시에 격추시킬 거라는 것이 세상의 추측이었다.

이론적으로 지슈카의 우승은 정해진 수순이나 다름이 없었다.

『본래는 유라 또한 강력한 우승 후보로 꼽을 수 있었지만……』
『앞선 경기에서 지슈카의 실력을 본 이상 그녀 외의 우승 후보를 거론한다는 건 이제 불가능하게 되었죠.』

전문가들 또한 생각이 같았다.
한국 방송사들의 해설진은 아쉬울 따름이었다.

『한국이 종합 순위 1위를 차지할 수 있는 경우의 수가 있기는 한데 말이죠.』
『앞으로 남은 5개의 종목에서 캐나다와 미국이 금메달을 하나도 따지 못하고, 한국이 금메달을 4개 연속으로 딸 경우 말이죠?』
『네, 맞습니다. 하지만 이뤄질 수 없는 바람이라는 게 슬프네요.』
『아무래도 지슈카부터가 너무 강적이죠. 극검은 뛰어난 실력자이지만 금메달리스트가 되기에는 다소 부족한 면모가 있고요. 하지만 이게 아쉬워할 일이 아닙니다. 1위가 꼭 전부는 아니니까요.』
『맞아요. 우리 선수들은 이미 충분히 잘해 주었습니다. 우리 선수들에게 찬사를 보내는 바입니다.』

세상 사람 모두가 올해 한국의 종합 순위를 최하위권으로 예상했었다.

하지만 한국 선수들은 선전해 주었고, 그 결과 한국은 최상위권 성적을 유지하고 있었다.

설령 1위를 못한다고 해서 한국 선수들을 비난하는 멍청이는 없었다.

"그리드에게는 미안하지만 공과 사는 구분해야지."

표적 맞추기가 시작됐다.

시작과 동시에 떡잎 큰 나무들이 즐비한 숲속으로 이동한 지슈카는 고지 점령을 목표로 움직였다.

그녀는 〈날아오르라!〉의 위력을 적극적으로 활용할 계획을 세우고 있었다. 최대한 많은 표적을 한 번에 시야에 담은 뒤 일제히 격추, 단번에 금메달을 거머쥘 각오였다.

『지슈카가 시작과 동시에 언덕으로 올랐습니다!』

『하늘과 지상에 떠다니는 표적을 모두 시야에 담을 계획이군요.』

매해 치열한 양상을 보였던 표적 맞추기가 역대급으로 허무한 결과를 맞이하기 직전이다.

끼릭-!

사람들은 타오르는 불꽃과 같은 주작궁의 시위를 당기는 지슈카가 곧 우승자가 될 것을 의심치 않았다.

영웅 깨기 • 173

물론 지슈카 본인 또한 그랬다.

'반드시 금메달을 따서 주작의 숨결을……'

120여 개의 표적을 시야에 담은 지슈카.

간절한 바람을 품은 그녀가 스킬 〈날아오르라!〉를 전개하려는 순간이었다.

타아앙-!

언덕 아래 숲속에서 커다란 총성이 울렸다.

파닥!

파다다다닥!

깜짝 놀란 새들이 일제히 날아오르는 광경이 지슈카의 시야에 잡힌다.

흑백이 된 시야에 말이다.

[저격당하였습니다.]

[사망하였습니다.]

'무슨……?'

쏴아아아아아-

상황을 제대로 인지하지 못한 지슈카의 몸이 잿빛으로 산화하였고.

철컥!

지슈카의 사망을 확인한 유라는 〈(파그마가 제작한)알렉스의 마법 공학 총검〉의 스나이퍼 모드를 라이플 모드로 변경했다.

그리드가 번헨 열도에서 얻은 데빌 슬레이어 전용 아이템이 세상에 첫선을 보인 순간이었다.

물고 물리는 템빨이다.

† † †

"우리의 여신이 해내셨다!"

"우와아아아아아아!"

"유라! 유라! 유라!"

표적 맞추기에서 우승을 차지한 사람은 유라였다.

대한민국이 후끈 달아올랐다.

예상을 초월한 유라의 선전에 5천만 국민들이 기쁨을 느꼈다. 한국의 종합 순위가 어쩌면 더 높은 곳을 향할 수도 있겠단 생각에 모두가 환호했다.

또한 누군가는 유라에게 개인적인 축하를 보냈다.

크라우젤이라는 재능의 악마에게 뼈아픈 패배를 겪었던 그녀가 이번의 만회를 통해서 행복하기를 간절히 바라는 사람들이 의외로 많았다. 유라가 국민들에게 큰 사랑을 받고 있다는 증거였다.

"미국이랑 캐나다가 계속 죽만 쑤고 있네. 이거 어쩌면 1위도 노릴 수 있는 건가?"

"한국이 앞으로 3개의 금메달을 더 따 주면 충분히 가능할 수도!"

"남은 선수는 그리드랑 극검이지?"

"웅!"

"…안 되겠네."

"어… 극검 때문에 안 될 듯."

극검이 대한민국에서 세 손가락 안에 드는 강자임은 부정할 수 없는 사실이다. 그는 분명한 월드 클래스 실력자였다.

하지만 그보다 뛰어난 실력자가 세상에는 즐비하다는 점이 문제였다.

사람들은 극검의 선전을 크게 기대할 수 없었다.

우려와 걱정 속에서.

"……."

평소와 달리 엄숙한 표정의 극검이 격전지에 입장했다.

그의 허리춤에는 투명한 붉은색의 아름다운 칼집이 장착되어 있었다.

그리드가 무려 블러드 스톤으로 제작한 이야루그트 전용의 최강 칼집, 〈이야루그트집〉이었다.

† † †

총 6개 국가에서 7인의 선수가 〈영웅 깨기〉에 출전했다.

무대의 중앙에 〈영웅〉이 있었다.

"내게 도전하는가?"

무심한 얼굴로 질문하는 흑발의 사내.

그가 바로 〈영웅〉이었다.

† † †

〈영웅 깨기〉.

극검이 참가한 종목이다.

참가자들은 각자 〈영웅〉과 일대일로 싸우게 되고, 〈영웅〉을 가장 빨리 쓰러뜨린 참가자가 우승하게 된다.

평범한 타임 어택 게임인 것이다.

하지만 올해 첫선을 보이게 된 이 종목에 대한 대중의 기대감은 무척 컸다.

〈영웅〉의 정체 때문이었다.

제2회 국가 대항전 PvP 우승자, 크라우젤.

바로 그가… 아니, 정확히 말하면 '작년 기준' 크라우젤의 능력치와 생김새를 '고스란히 복제'한 도플갱어가 바로 〈영웅〉의 정체였으니까.

작년의 챔피언를 상대로 올해의 참가자들은 얼마만큼 싸울 수 있을까?

〈영웅 깨기〉는 대중의 호기심을 자극하기에 충분한 종목이었고, 그래서 제3회 국가 대항전이 시작되기 한참 전부터 큰 주목을 받아 온 것이다.

『캐나다의 크리스, 일본의 데미안과 카츠, 스페인의 폰, 영국의 레가스 등……. 참가자들의 면면이 무척 화려하군요. 하지만 참가자 숫자가 예상보다 훨씬 더 적은 것 같습니다. 왜 이런 걸까요?』
『그게 바로 크라우젤의 위엄이라는 겁니다. 비록 1년 전의 크라우젤이라고는 하지만, 그 1년 전의 크라우젤이야말로 대중이 인식하는 〈지존〉인바. 그에게 감히 함부로 도전할 수 있는 사람이 과연 몇이나 되겠습니까? 저는 7명이나 되는 것도 사실 대단하다고 봅니다.』

일부 전문가가 이와 같이 해석했지만 실상은 달랐다.
다른 강자들이 〈영웅 깨기〉에 참가하지 않은 이유는 크라우젤의 도플갱어 따위가 두려워서가 아니었다.
"과거의 망령 따위를 쓰러뜨려 봤자 무슨 의미가 있지?"
아르헨티나 선수 대기실.
〈영웅 깨기〉의 참가자 면면을 확인한 영혼 약탈자 수에론이 흥, 콧방귀 뀌었다.
"한심한 패배자 놈들, 진정한 영웅으로 등극하고 싶다면 PvP에 출전했어야지."
비단 수에론뿐만이 아니다.

타국의 최강자들 또한 〈영웅 깨기〉의 참가자들을 비웃고 있었다.

1년 전의 크라우젤과 싸워서 이기면 뭐 하는가?

무려 검성으로 전직한 올해의 크라우젤은 작년에 비할 바 없이 강할 것이 분명했다.

올해의 크라우젤과 싸워 이겨야만 비로소 최강이라는 타이틀을 쟁취할 자격이 생기는 것이다.

'〈영웅 깨기〉는 진정한 크라우젤에게는 감히 도전하지 못하는 비겁한 겁쟁이들의 도피처밖에 안 돼.'

이와 같이 생각하는 사람들, 〈영웅 깨기〉의 참가자 전원이 템빨단 소속이거나 템빨단과 관계가 깊은 인물이라는 점을 아직 깨닫지 못하고 있었다.

† † †

"결국 여기서 이렇게 모이게 됐군."

통합 랭킹 1위 크리스.

많은 사람들의 예상을 깨고 PvP가 아닌 〈영웅 깨기〉에 참가한 그가 다른 참가자들과 인사를 나눴다.

폰, 레가스, 극검, 카츠, 이벨린, 그리고 데미안.

데미안을 제외한 참가자 전원이 템빨단 소속이었고, 데미안은 유명한 그리드 빠돌이다.

PvP가 아닌 영웅 깨기에 도전한 이들에게는 한 가지 공통점이 있었다.

그리드가 최근에 새롭게 제작한 신검(神劍), 〈열망의 무아검〉의 위력을 알고 있는 자들이라는 점이었다.

특히 데미안은 〈열망의 무아검〉에 직접 반 죽어 본 경험도 있었다.

그렇다.

이들이 PvP에 참가하지 않은 이유, 다른 강자들의 예상과 달리 크라우젤이 두려워서가 아니었다. 그리드가 무서웠던 거다.

"근데……."

말없이 참가자들의 면면을 살피던 카츠가 극검과 이벨린에게 질문했다.

"너희가 크라우젤에게 도전하는 건 다소 무리 아닌가?"

괜히 기분 상하라고 비꼬는 질문이 아니라 현실적인 질문이었다.

극검과 이벨린은 크라우젤에게 취약한 부분이 있었다.

발검 후 큰 딜레이가 생기는 극검이 크라우젤처럼 민첩한 인물을 상대로 일대일 승부를 겨룬다는 건 자살행위나 다름이 없었고, 재능은 뛰어나지만 아직 어려 미숙한 점이 많은 이벨린은 크라우젤의 노련미를 감당할 수 없었다.

이벨린이 패기 넘치게 대답했다.

"이길 수 있다는 자신은 없습니다! 하지만 제 실력을 가늠해 보기에 이번처럼 좋은 기회는 없다고 생각했어요! 오늘의 도전을 성장의 발판으로 삼겠다는 각오입니다!"

반면 극검은.

"훗… 일본인들에게는 쓸데없는 오지랖을 부리는 취미라도 있는 거냐? 내 걱정할 시간에 네 걱정이나 해라."

무척 기고만장하게 대답했다.

크리스가 허허 웃었다.

"믿는 구석이 있나 보군. 하지만 쉽지는 않을 거야. 알고 있지? 나를 상대로 금메달을 빼앗는다는 건 무척 어려울 거다."

크리스는 조국의 운명을 짊어지고 있었다.

그가 이번 종목에서 금메달을 획득할 경우 캐나다의 종합 순위 1위 가능성은 기하급수적으로 상승했다. 크리스에게는 반드시 이겨야 한다는 의무가 있었고, 이기고 싶다는 열망이 있었다.

한 치의 양보도 기대 말라는 크리스의 눈빛은 다른 참가자들을 자극하기에 충분했다.

이글이글!

평소에 친하게 지내는 사이인 만큼 더욱더 선의의 경쟁심을 불태우는 참가자들!

극검과 이벨린을 제외하면 전원 지존에 근접한 인물이라

고 평가받는 이들답게 신경전도 엄청났다. 서로가 서로를 바라보는 눈빛에 마치 불꽃이 깃든 것처럼 보였다.

단, 극검과 이벨린을 바라볼 때만큼은 눈빛이 한없이 상냥해졌다. 측은지심이 느껴질 정도였다.

적어도 이 종목에서만큼은 명백히 한 수 아래로 보는 태도!

소외감을 느낀 극검이 애써 침착한 표정으로 중얼거렸다.

"…내 오늘 한국인의 기상을 보여 줘야겠군."

† † †

『크리스와 데미안은 〈영웅〉을 상대로 승리할 가능성이 8할 이상이라고 봅니다.』

『그렇죠. 작년부터 이미 그리우젤과 비견되는 강자로 손꼽혀 왔던 그들이니까요. 결국 통합 랭킹 1위에 등극한 크리스와 벌써 몇 년째 교황의 자리를 지키고 있는 데미안이라면 작년 기준 크라우젤을 꺾는 게 어렵지 않다고 봅니다. 관건은 시간이겠죠.』

『폭발적인 공격력을 발휘하는 대검술사 크리스가 데미안보다 더 빠르게 〈영웅〉을 처치할 가능성이 크다고 보네요. 그 두 사람 다음으로 카츠가 승산이 높아 보이고요. 카츠가 혈액을 조종하는 고유의 능력으로 〈영웅〉의 기민함을 봉쇄할 수만 있다면 높은 확률로 승기를 잡을 거라고 생각합니다.』

『반면 폰과 레가스는 승리를 장담할 수 있을지 다소 의문이네요. 컨트롤 실력을 강함의 기반으로 삼는 그들은 크라우젤과 동류. 동류의 정점인 크라우젤을 상대로 그들이 선전한다는 건 어려운 일일 것 같습니다.』

『그 외 극검과 이벨린은 탈락할 가능성이 무척 높지요.』

경기를 앞두고 전문가들의 추측이 시작됐다.

특히 극검에 대한 평가가 무척 냉담했다.

기본적으로 다른 참가자들보다 존재감이 약한 극검은 클래스 특성부터가 크라우젤에게 불리했다.

강력한 일격을 날릴 수 있는 대신 공격과 공격 사이에 간극이 큰 그가 신속한 크라우젤에게 농락당할 것으로 분석하는 건 당연한 이치였다.

한국인들 모두 그 사실을 부정하지 못했다.

"아무래도 극검은 힘들 거야."

"극검이 좀 애매한 부분이 있어. 팀원이 받쳐 줄 때는 압도적인 딜량을 뽑을 수 있겠지만 개인일 때는 취약점이 너무 많아. 하물며 상대가 크라우젤이라면 답이 없지."

아무리 생각해 봐도 극검의 선전은 기대하기 어려웠다.

사람들은 한국의 종합 순위 1위 가능성이 사라졌다고 보았다.

하지만 그리드의 생각은 달랐다.

'극검의 우승 확률이 가장 높아.'

작년 기준 크라우젤의 실력을 누구보다 정확히 알고 있는 사람이 바로 그리드다.

'종이 몸이야. 그냥 때려 부숴 버려.'

블러드 스톤.

작년 국가 대항전에서 보상으로 획득한 마계 최고의 광물.

그것으로 제작한 〈이야루그트집〉은 극검과 상성이 무척 좋았다. 처음부터 의도한 것은 아니었지만 만들고 보니 그랬다.

두근! 두근!

그리드의 기대감이 증폭됐다.

『우와아아앗! 압도적인 공격력입니다!』

쩌정-!

쩌저저저정!

〈영웅 깨기〉의 첫 도전자 크리스가 모두의 예상대로 선전하는 중이었다.

일검으로 〈영웅〉의 신속한 공격을 차단함과 동시에 반격하는 그의 대검에 깃든 공격력은 〈영웅〉을 검과 함께 통째로 허공에 띄워 버리는 수준이었다.

푸욱!

결국 자세가 무너진 〈영웅〉의 몸을 대검이 갈랐고.

"쿨럭……!"

위험을 감지한 〈영웅〉은 초감각을 전개했다.

순간적으로 증폭되는 〈영웅〉의 회피율과 명중률.

작년의 크리스였다면 이 상태의 〈영웅〉을 감당하지 못했을 터였다.

하지만 지난 1년 동안 누구보다 열심히 사냥하고 경험을 쌓아 온 크리스이다. 그렇기에 통합 랭킹 1위가 될 수 있었다.

히든 퀘스트 〈검호 사냥〉에서 이미 초감각을 여러 번 상대해 봤던 그는 세컨드 클래스 〈폭군〉의 광역기를 위시하여 〈영웅〉의 신속을 차단해 버렸다.

결국.

콰자작-!

접전 끝에 크리스가 〈영웅〉 깨기에 성공했다.

그가 〈영웅〉을 잿빛으로 산화시키기까지 걸린 시간은 고작 19분.

작년의 그리드가 크라우젤에게 패배하기까지 걸린 시간보다 무려 20분이나 짧았다.

강력한 우승 후보다운 기록이었다.

"와, 엄청나네."

"이렇게 보니까 1년이라는 시간이 얼마나 큰지 절실히 깨닫게 되네."

작년.

사람들은 그리드와 크라우젤의 대결을 보면서 '차원이 다르다'고 생각했었다. 치열한 접전 끝에 승리한 크라우젤을 그 누구도 범접하지 못할 지존으로 보았다.

한데 1년, 아니 정확하게는 1년 3개월이 지난 현재 시점에서 작년의 크라우젤은 더 이상 지존이 아니었다. 당대의 통합 랭킹 1위 크리스 앞에서는 무척 초라해 보였다.

시간의 힘이 얼마나 위대한 것인지 모두가 깨닫고 있는 그때, 이어서 데미안이 〈영웅〉에게 도전했다.

성기사의 높은 방어력과 다양한 버프, 그리고 교황 고유의 스킬을 난사하는 데미안에게 〈영웅〉은 또 한 번 패배하고 말았다.

데미안이 〈영웅〉을 쓰러뜨리기까지 걸린 시간은 20분 55초였다. 크리스보다 2분가량 늦은 기록이었다.

"윽, 금메달……."

1등이 물 건너갔다는 사실에 좌절하는 데미안이었지만.

'무슨 저런 괴물이…….'

크리스를 비롯한 다른 참가자들은 벌어진 입을 다물지 못하고 있었다. 데미안이 발휘하는 공격력이 성기사라고는 믿기지 않게도 강력했기 때문이다.

구딜러인 대검술사와 비견해도 손색이 없었다. 방어력은 몇 배나 더 높은 주제에 말이다.

'그리드한테 얻어터지는 모습만 봐 갖고······.'

'···저렇게까지 강해진 줄은 몰랐네.'

템빨단원들은 만에 하나라도 데미안과 적이 되지 말자고 다짐하게 됐다.

그리고.

"다음은 난가."

세 번째 도전자는 극검이었다.

아무런 기대도 받지 못하고 무대에 오른 그가 〈영웅〉을 마주한다.

찌릿! 찌릿!

'무슨 위압감이······.'

1년 3개월 전의 크라우젤을 재현한 〈영웅〉은 벌써 두 차례 패배를 맞이하고 있었지만 결코 약자가 아니었다. 그와 일대일로 시선을 마주친 순간 바짝 긴장한 극검은 호흡하는 것을 잊어버렸다.

순간 흐트러지는 자세.

〈영웅〉에게 간파당한다.

터엉-!

지면을 박찬 〈영웅〉이 극검과의 거리를 순식간에 좁혀 왔고.

철컥-!

극검이 발검술을 전개했다.

그 또한 일국을 대표하는 강자.

흐트러졌던 호흡을 추스른 지 오래다.

"섬(殲)."

번쩍!

붉고 투명한 칼집으로부터 마검 이야루그트가 아름다운 자태를 드러냈다.

순간.

[마력을 100퍼센트 충전한 〈이야루그트〉가 〈도취〉 상태에 있습니다. 자아를 상실하여 폭주합니다.]

[이야루그트의 사용 조건이 '제물이 될 자'로 변경됩니다.]

[이야루그트의 소환이 불가능합니다.]

[이야루그트의 공격력이 500퍼센트 상승합니다.]

〈이야루그트집〉의 영향을 받은 〈이야루그트〉의 상태가 극검에게 전달되었고.

서걱-!

Satisfy에 존재하는 모든 스킬 중에 공격력과 빠르기로 수위를 다투는 〈발검〉이 붉은색의 검광을 그렸다.

"뭣……!"

"저게 무슨……!"

크리스를 비롯한 참가자들과 각국 방송사의 해설진, 그리고 관중들과 시청자들이 동시에 경악했다.

붉은 검광에 베인 〈영웅〉의 생명력 게이지가 단 일격에 바닥을 기었기 때문이다.

"……!"

누구보다 놀란 〈영웅〉이 공격을 멈추고 뒤로 물러섰다. 대량의 데미지를 일격에 입은 현재 자신의 상태를 위험하다고 판단, 방어 모드에 돌입하는 것이었다.

인공지능의 한계였다.

원본 크라우젤이라면 결코 범하지 않았을 어리석은 실수다.

철컥!

〈영웅〉이 반격하지 않자 손쉽게 검을 회수할 수 있었던 극검.

[이야루그트에게 집어삼켜집니다! 생명력을 50퍼센트 손실하였습니다!]

떠오르는 알림창을 무시하고 재차 발검을 전개한다.

서걱-!

초감각을 전개한 〈영웅〉은 회피를 시도했지만, 이미 극검에게 발검을 허용한 시점부터 회피는 불가능하다고 봐도 무방했다. 재차 공격을 허용한 〈영웅〉이 사망에 이르렀다.

단 1분.

극검이 〈영웅〉을 쓰러뜨리기까지 걸린 시간이었다.

그리고.

쏴아아아아아-

극검 또한 잿빛으로 산화했다.

제5장

# 충격에 빠진 중국

# 템빨

단 1분.

극검은 세상 사람들이 지존으로 인식하고 있는 존재를 그야말로 순식간에 해치워 버렸다. 무슨 영문인지 극검 본인 또한 사망하고 말았지만, 그 부분에 대해서 신경 쓰는 사람은 드물었다.

"말도 안 돼! 버그다!"

〈영웅〉을 숭상하던 자들은 현실을 부정하였고,

"저 정도면 올해의 크라우젤도 꺾을 수 있는 거 아니야?"

"진정한 지존은 크라우젤도, 그리드도 아닌 극검이었군."

호사가들은 상황을 즐겼다.

지구 전역을 혼란의 소용돌이가 휩쓸었다.

하지만 당사자 극검은 모르는 일이었다.

"허억… 허억……."

도취 상태의 이야루그트를 2회 사용한 대가로 사망에 이르렀던 극검.

로그아웃된 그의 전신이 식은땀으로 흠뻑 젖었다.

단 한 번의 공격이라도 빗나간다면 필패.

막중한 부담감 속에서 〈영웅〉과 싸웠던 찰나가 극검에게는 억겁과도 같았다. 정신력의 소모가 너무 컸다.

'저런 괴물과 수십 분을 싸웠던 갓리드는 대체…….'

캡슐에 누운 채 부들부들 몸을 떠는 극검에게 그리드의 존재가 더욱 크게 다가왔다.

이미 1년 3개월 전에 〈영웅〉과 호각을 겨뤘던 그리드가 대단해 보이지 않을 리 없다.

심지어 올해의 그리드는 작년의 크라우젤을 2격에 해치워 버릴 수 있는 아이템 〈이야루그트집〉까지 제작하지 않았는가.

'과연 갓리드… 너는 신이다.'

"…극검 선수? 극검 선수!"

"아."

상념에 잠겨 있던 극검이 번뜩 정신을 차렸다. 캡슐에서 몸을 일으켜 옆을 보니 진행자가 다가와 있었다.

흥분한 진행자가 마이크를 들이밀었다.

"대단한 활약을 펼치셨습니다! 하늘 위의 하늘을 단 1분 1초 만에 무너뜨리다니, 당신이야말로 지존이 아니냐는 사람들의 추측이 난무하고 있는데요. 여태까지는 실력을 숨겨 오셨던 겁니까?"

작년 국가 대항전 당시, 극검은 '쓸모없는 극검'이라는 오명을 뒤집어썼었다.

통합 랭킹 15위권의 최상위 랭커였음에도 불구하고 단 하나의 메달도 획득하지 못했기 때문이다.

그리고 올해 극검의 통합 랭킹은 20위대로 떨어진 상태였다.

올해의 그가 활약할 거라고 예상한 사람은 정말로 드물었다. 한데 반전의 활약을 선보인 것이다.

초롱초롱 눈을 빛내는 진행자와 숨죽이고 있는 관중들.

세계가 자신에게 집중하고 있음을 깨달은 극검이 뺨을 타고 흘러내리는 땀을 슬쩍 닦아 냈다. 그리고 최대한 멋진 표정을 짓고 말했다.

"두 유 노우 템빨?"

"……"

"두 유 노우 갓리드?"

"……"

안타까운 일이다.

마치 이야루그트집의 마력에 도취된 이야루그트처럼, 그

리드와 템빨에 도취돼 버린 극검은 정상적인 인터뷰가 불가능한 상태였다.

일약 세계 최고의 스타로 거듭날 수 있는 기회를 놓쳐 버린 셈이었다.

**〈극검의 금메달 비결은 그리드의 템빨?〉**
**〈쓸모없는 극검을 쓸모 있게 만든 그리드.〉**
**〈(칼럼)만약 그리드가 영웅 깨기에 출전했다면, 그리드는 극검보다 빠르게 영웅을 쓰러뜨릴 수 있었을까?〉**

등등.

각국 언론사의 헤드라인이 극검보다 그리드에게 집중하는 지경에 이르렀다.

"갓리드으으으으!"

〈영웅 깨기〉와 〈폭포 뚫기〉 종료 후.

5천만 국민의 염원이 담긴 금메달 2개를 목에 건 극검이 곧장 대기실로 달려왔다. 그리고 그리드의 두 손을 덥석 붙잡았다.

"대단해! 네가 만든 아이템 덕분에 금메달을 딸 수 있었어! 정말 넌 최고야! 신이라고!"

"……."

퉤퉷! 퉤퉤퉷!

얼마나 흥분한 것인지, 극검은 말할 때마다 침을 다발로 튀겼다. 그리드의 얼굴이 흥건히 젖을 지경이었다.

"아니, 이런 괴물 같은 칼집은 어쩌다가 만들게 된 거야?"

"그건……."

〈이야루그트집〉
내구력:200/200
*이야루그트 착검 시 이야루그트에 마기를 공급합니다. 마기는 10초당 1%씩 충전됩니다.
*이야루그트 발검 시 이야루그트의 마기가 소모됩니다. 마기는 초당 1%씩 손실됩니다.
*마력이 20% 충전되면 이야루그트의 상태가 〈만족〉에 돌입합니다. 이때 이야루그트는 주인에게 쉽게 복종하며 공격력이 20% 상승합니다. 이 상태는 발검 후 30초 동안 유지됩니다. 발검 시 마기 충전률은 초기화됩니다.
*마력이 70% 충전되면 이야루그트의 상태가 〈흥분〉에 돌입합니다. 이때 이야루그트는 주인의 명령을 듣지 않으며,

> 발검 시 멋대로 실체화합니다. 이 상태는 발검 후 70초 동안 유지됩니다. 발검 시 마기 충전률은 초기화됩니다.
> *마력이 100%에 도달하면 이야루그트의 상태가 〈도취〉에 돌입합니다. 이때 이야루그트는 주인을 자신의 먹잇감으로 인식합니다. 발검 시 이야루그트의 공격력이 500% 상승하며, 사용자는 4초 내에 생명력 50%를 잃고 30초 내에 사망합니다. 사망을 피하기 위해서는 발검 후 10초 내에 착검해야 하며, 마기가 하락하는 2분 동안 다시 발검해선 안 됩니다. 다시 발검하는 순간 즉사합니다.
> 사용 조건:없음. 단, 착검할 수 있는 무기는 이야루그트로 한정됨.

그리드는 제2회 국가 대항전에서 지옥 최고의 광물 블러드 스톤 확보에 성공한 바 있다. 하지만 그 쓰임새를 쉽게 찾지 못했다.

마검을 만들기에는 이미 이야루그트가 있었고, 방어구를 만들기에는 양이 턱없이 부족했기 때문이다.

그러던 차에 벨리알을 레이드하고 암속성 제작 재료를 대량으로 확보함으로써 블러드 스톤은 꿔다 놓은 보릿자루로 전락하고 말았다.

하여, 한동안 블러드 스톤을 방치하고 있던 그리드는 국가 대항전을 앞둔 어느 날 가설을 세웠다.

검귀 이야루그트의 영혼이 굳이 블러드 스톤 재질의 검에 봉인된 이유, 이야루그트의 영혼과 블러드 스톤의 상성이 좋아서가 아닐까?

블러드 스톤으로 칼집까지 만들어 주면 이야루그트가 더 강해지지 않을까?

크라우젤과의 일전을 앞두고 템빨의 강화에 집착하고 있었던 그리드는 즉각 칼집의 제작에 돌입했다.

그 결과물이 바로 〈이야루그트집〉이다. 이야루그트의 규격에 딱 맞춘 아름다운 칼집이었다.

"그리고 보다시피 강력한 칼집이 탄생했지. 그만큼 페널티도 강하지만."

만족 상태의 이야루그트는 이미 〈열망의 무아검〉이 있는 그리드에게 메리트가 전혀 없었다. 이야루그트의 공격력이 잠시 동안 20퍼센트 올라 봤자 열망의 무아검에 비하면 너무 약했다. 소환돼 봤자 통제가 안 되는 흥분 상태의 이야루그트 또한 마찬가지였다.

그렇다고 도취 상태의 이야루그트는 다를까?

공교롭게도 도취 상태의 이야루그트 또한 그리드에게는 매력이 적었다.

순수 공격력이 500퍼센트 상승한다고 해 봤자 안전하게 사용할 수 있는 시간은 3초에 불과했고, 각종 옵션을 보유한 열망의 무아검과 비교해서 데미지 기댓값이 크게 높은 것도 아니었기 때문이다.

'물론 순수 공격력은 더 높으니까 옵션 발동을 기대해야 하는 열망의 무아검보다야 안정적인 딜량이 가능하지만.'

그 조금 더 높은 데미지를 바라고 열망의 무아검과 굳이 스왑해 가면서 사용할 가치는 없다.

물론, 이건 어디까지나 그리드가 '직접' 사용했을 때의 이야기.

씨익 웃은 그리드가 극검에게 손을 내밀었다.

"자, 대여한 아이템은 반납해야지?"

갓 핸드가 사용할 경우에는 이야기가 달라진다.

생명력 개념이 존재하지 않는 갓 핸드는 도취 상태의 이야루그트를 적은 페널티로 사용할 수 있었다.

"그, 그래. 당연히 돌려줘야지."

극검이 바로 캡슐에 누웠다.

높은 공격력 계수를 자랑하는 발검술과 이야루그트의 시너지는 분명히 환상적이지만 마기를 다루지 못하는 극검에게는 이야루그트를 사용할 자격이 없었다. 극검은 도취 상태의 이야루그트밖에 사용할 수 없었고, 이는 득보다 실이 더 크다는 뜻이다.

국가 대항전 같은 단발성 이벤트가 아닌 이상 이야루그트는 극검에게 부적합한 아이템이었다.

극검은 이야루그트와 이야루그트집에 조금도 욕심내지 않았다.

다만.

"그… 저기, 갓리드. 이번에 얻은 금메달로 광물을 달라고 할 테니까 그걸로 내게도 칼과 칼집 세트를 만들어 줄 수 없을까?"

극검의 조심스러운 요청.

그리드는 즉각 고개를 끄덕였다.

"당연하지."

사신수의 부산물.

〈주작의 숨결〉에 화염의 힘이 깃들어 있는 점을 감안해 봤을 때, 〈청룡의 숨결〉에는 전격의 힘이 깃들어 있을 가능성이 높았다.

그리고 뇌 속성 아이템은 신속 옵션이 귀속될 확률이 크다.

"청룡의 숨결을 달라고 해."

극검은 얼마나 강해지게 될까.

그리드가 전율에 휩싸였다.

자신의 기술이 누군가를 성장시킬 수 있다는 사실이 신기하면서도 자랑스러운 그였다.

그리고 시간은 흘러…….

『이제 마지막 경기만이 남았군요!』

국가 대항전 3일 차.

총 9개의 종목 중 8개의 종목 일정이 끝나고 이제 폐막전만이 남았다.

PvP.

세계인이 1년 이상을 고대해 온 빅 매치, 그리드와 크라우젤의 재대결이 성사되는 순간이 다가온 것이다.

"큭……! 큭큭큭! 드디어 이 순간이 왔군!"

아르헨티나의 수에론.

"그리드고 크라우젤이고 나발이고 간에 내가 먹을 따 버리면 되는 거 아이니?"

중국의 장췐.

"그리드……! 올해는 반드시 설욕해 주겠다! 풍화의 힘으로 너의 템빨을 무력화시켜 주지!"

블러드 카니발 소속이었던 타르마.

그리고.

"……."

천외천.

내로라하는 강자 32명이 무대 위에 집결했다.

개중에는 당연히 그리드도 있었다.

**1위. 미국-금(5) 은(8) 동(4)**
**2위. 한국-금(5) 은(1) 동(2)**

"그리드, 힘내라……!"

"올해는 제발 이겨 줘!"

"크라우젤! 이번에도 꼭 이겨라!"

"종합 순위 1위는 반드시 미국이 차지해야 한다고!"

"그리드! 그리드! 그리드!"

"크라우젤! 크라우젤! 크라우젤!"

관중들의 외침이 도쿄 전역에 울려 퍼진다.

들썩이는 도쿄 돔의 열기가 뜨겁다.

하늘 위의 하늘과 그 위까지 한 번 도달할 뻔했던 철옹성.

올해 추락하는 것은 어느 쪽일까?

사람들의 기대와 환호 속에서.

"성검 뽑기에서 말이야."

무대 위의 그리드와 크라우젤이 서로를 마주 보고 섰다.

그리드가 말하고 있었다.

"네가 금메달을 목에 걸고 유라가 은메달을 목에 걸었을 때, 나는 안도하고 있었어."

"……"

"다행이야. 그때 네가 지지 않아서. 만약 네가 나 아닌 다른 사람에게 졌다면, 지금 내 심장이 이렇게까지 뛰긴 않있을 거야."

하늘을 무너뜨리는 사람은 나여야만 한다.

지존이 되기까지 남은 마지막 증명이다.

"올해는 반드시 내가 이겨 주마."

의욕을 불태우는 그리드에게 크라우젤이 짤막하게 답했다.

"기대하지."

크라우젤에게 있어서 그리드는 특별했다.

유일하게 승리를 장담할 수 없는 상대였으니까.

오늘날의 이 대결, 어쩌면 그리드보다 크라우젤이 더 간절히 바라고 있었을지 모른다.

† † †

약속된 승리는 더 이상 없다.

제1회 국가 대항전과 제2회 국가 대항전, 그리고 길드 간 항쟁에서 그리드와 템빨단에게 연이어 패배한 부바트는 패배의 상징으로 전락한 지 오래였다. 그에게 찬사를 보내왔던 수많은 사람들이 이제는 그를 외면하였고, 때때로 누군가는 조롱하기도 했다.

7대 길드의 한 축을 담당했던 야크 길드의 수장으로서, 최강의 이니시에이터 〈크러셔〉로서 쌓아 올린 명예가 모래성처럼 흩어져 사라진 것이다.

하지만 부바트는 동요하지 않았다. 조금도 흔들리지 않았다. 탱커인 그는 몰매를 맞는 일에 익숙했으니까. 맷집이 워낙 좋아서 정신력도 견고하다.

"올해는 반드시."

국가 대항전의 대미를 장식할 PvP 출전을 앞둔 부바트가 다짐한다.

"올해는 반드시 그리드 너를 꺾어 주마."

그가 이토록 그리드에게 집착하는 이유는 사사로운 원한 때문이 아니었다. 당했기 때문에 갚아 주겠다, 라는 단순한 심리가 아니라 그리드를 넘어야 할 시련으로 인식하고 있기에 도전 의식을 불태우는 것이었다. 더욱더 발전하고 싶다는 열망을 품은 것이다.

또한.

'아빠, 힘내!'
'올해는 꼭 금메달을 따는 고야!'

이제 막 철들기 시작한, 눈에 넣어도 아프지 않을 두 딸아이에게 멋진 아빠가 되고 싶다는 마음도 크다.

'후훗, 내일이면 우리 귀여운 공주님들과 만날 수 있겠군.'

어젯밤 영상 통화 속 딸아이들의 모습을 떠올리고 미소 지은 부바트가 무대 위에 올라선다.

중국 대표 장첸이 그를 기다리고 있었다. 진행자의 요청에 따라서 캡슐에 몸을 눕힌 장첸이 부바트를 도발했다.

"터키 놈들은 머리가 나쁜 거니? 아니면 염치가 없는 거니? 메달도 못 따면서 매번 국대전에 참가하는 이유가 뭐이니? 다른 사람 입장에선 괜한 시간 낭비 아이겠니?"

"쯧쯧."

아직 어린놈이라 인성이 덜된 듯하다.

생각하며 혀를 찬 부바트가 캡슐에 몸을 눕혔다. 올해 그의 나이 서른다섯이다. 2년 전이라면 또 모를까, 한창때의 혈기로 까부는 젊은이의 도발에 일일이 넘어갈 정도로 그는 어수룩하지 않았다.

진행자가 소리치고 있었다.

"대망의 PvP 첫 경기를 앞두고 중국의 장췐 선수와 터키의 부바트 선수가 로그인하고 있습니다! 두 선수의 대결이 지금! 바로 시작됩니다!"

"우와아아아아아!"

관중들의 함성이 캡슐에서 눈 감는 부바트의 귓전에 울려 퍼진다.

그리고.

"음."

다시 눈을 뜬 부바트는 〈사자의 성〉에 있었다. 벌써 3년 동안 PvP의 무대가 되고 있는 고성이었다.

성벽 위에서 화려하게 뛰어내린 장췐이 즉각 무기를 꺼냈다.

"니가 그리 단단하다며? 하지만 그래 봤자 사람 아이겠니?"

스팟-!

이죽거린 장첸이 몸을 날렸다.

그의 손에는 〈작업장〉에서 공수해 온 8자루의 최강 무기 중 하나, 〈멸절의 검〉이 쥐어져 있었다.

인간형 대상에게 추가 데미지를 입히고 확률적으로 치유 불가 상태 이상 효과와 체력 비례 데미지를 입히는 강력한 대인 살상 병기였다.

푹-!

푹푹푹!

작년부터 중국의 신성으로 떠오르기 시작한 장첸은 전투의 귀재 하오와 마찬가지로 〈무인〉 계열 클래스 전직자였다. 〈웨폰 마스터리〉를 기반으로 모든 병기를 다루는 그는 높은 무력과 민첩성을 보유했다.

따라서 대부분의 스탯이 체력에 투자된 부바트가 장첸의 쾌검을 피한다는 건 사실상 어려웠고, 부바트의 바위 같은 육체에 검흔이 빠르게 아로새겨 나갔다.

하지만 도리어 장첸의 표정이 좋지 못했다. 부바트의 생명력 게이지가 별 미동을 않는 까닭이었다.

'뭔 방어력이 이리 높니?'

부바트는 이미 작년부터 그리드조차 놀라게 만드는 탱킹력을 보유했던 인물이다. 애초에 그가 최강의 이니시에이터로 불릴 수 있었던 이유는 압도적인 방어력을 기반으로 적진에 뛰어들기 때문이었다.

덥석!

당황하는 장첸의 손목을 낚아채는 데 성공한 부바트가 씨익 웃는다.

"내가 괜히 야크라고 불리는 게 아니야. 소 잡는 데 닭 잡는 칼을 가져와서야 쓰나?"

"이 멧돼지 같은 새끼가……!"

위기를 감지한 장첸이 부바트의 손길을 떨쳐 내려고 시도했다. 하지만 부질없었다. 크러셔는 한번 잡은 상대를 놓치지 않는다.

"나락 꽂기!"

콰자자자작!

붙잡은 적을 지면에 머리부터 꽂아 버리고 온갖 상태 이상을 유발시키는 크러셔의 단일기.

이 스킬은 공격력 계수도 무척 높다. 공격력이 사용자의 체력 스탯의 영향을 받기 때문에 결과적으로 딜러의 단일기와 비슷한 위력을 발휘했다.

"……!"

정수리부터 지면에 꽂힌 장첸은 비명조차 지르지 못했다. 그의 시야가 땅속 어둠에 묻혔다.

"엇차!"

땅에 거꾸로 박힌 채 파르르 경련하는 장첸의 허리를 부바트가 두 팔로 감싸 안았다. 애정 행각 따위가 아니다.

"이번엔 더 아플 거다. 흐읍!"

이를 악물고 기합을 내지른 부바트!

쏙! 장첸의 몸을 마치 고구마 채취하듯이 뽑아낸 그가 그대로 도약, 하늘 높이 떠오른 뒤 다시 떨어져 내렸다.

마치 자이로드롭 같다.

'익!'

하늘을 보게 되었던 시야가 광속으로 지면에 맞닿기 시작하자 장첸은 본능적인 두려움을 느꼈다. 피부 위로 돋는 소름이 그의 독기와 살기를 부추겼다.

'감히 나를……!'

이를 악문 장첸.

〈나락 꽂기〉에 당했을 때 발생한 상태 이상 혼란을 극복하자마자.

"감히 나를! 도륙을 내 주갔어!"

멸절의 검을 버리고 품에서 단도를 꺼냈다.

급소 명중률을 높여서 대상의 방어력을 확률적으로 무시함과 동시에 멸절이 건과 마찬가지로 캐릭 수치에 비례한 공격력을 입히는 살상 무기였다.

푹-!

푹푹푹!

"큭……!"

품에 안고 있는 장첸이 옆구리를 계속 찔러 오자 부바트의 얼굴이 일그러졌다. 확률적으로 방어력을 무시하는 이번 장첸의 공격은 그에게도 효과가 있었다.

크러셔에게는 〈일정 수준 이상의 데미지〉를 입지 않는다는 사기적인 패시브 스킬이 있었지만, 낮은 데미지라도 중첩되면 무서운 법이었다.

"우오오오오오!"

쿠와아아아아앙!

고통을 인내하고자 기합을 내지르며 장첸을 바닥에 꽂아 버린 부바트와.

"키야아아아! 키에엑! 캬악! 컥!"

악귀 같은 기성을 내지르면서 계속, 계속 부바트의 옆구리를 찌르다가 종국에는 지면에 꽂혀 버린 장첸.

두 사람 중 더 큰 피해를 입은 쪽은 당연히 장첸이었다.

꿈틀꿈틀!

나락 꽂기와 콤보로 연계할 시에만 전개할 수 있는 〈승천 꽂기〉는 나락 꽂기보다 무려 2배의 데미지 계수를 자랑한다.

머리가 지면에 꽂힌 장첸은 마치 죽기 직전의 쥐새끼 같았다. 간헐적인 경기를 일으키며 조용해졌다.

퍽퍽! 퍽!

부바트의 공격이 계속됐다. 상태 이상 '스턴'에 빠져 있는 장첸을 계속해서 망치로 후려쳤다.

작업장에서 공수해 온 템빨 덕분에 높은 방어력을 자랑하는 상첸이었으나, 승천 꽂기의 영향으로 방어력이 하락한 상태인지라 생명력 소모가 빠르게 진행됐다.

"끝이다!"

힘껏 소리치는 부바트의 망치가 번쩍! 붉은빛을 폭사시켰다.

크러셔의 몇 안 되는 타격 스킬 중 하나, 〈수박 깨기〉의 전조였다.

쩌어어어어엉-!

횡으로 휘둘러진 망치가 무방비하게 노출되어 있는 장첸의 복부를 강타하는 순간.

쿠콰콰콰콰콰쾅!

장첸의 갑옷이 폭발을 일으켰다.

수박 깨기의 효과가 아니다.

'일정량 이상의 피해를 입을 경우 데미지를 3배로 반사'하는 장첸의 레전드리 등급 갑옷이 발생시키는 효과였다.

"윽!"

폭발에 휩쓸린 부바트의 신형이 무너져 내렸고, 때마침 스턴을 극복한 장첸이 벌떡 몸을 일으켰다. 그리고 날카로운 공격 스킬들을 연속적으로 전개해서 부바트의 몸을 난도질하기 시작했다.

"푹-!"

"서걱!"

선혈이 낭자한다.

8종류의 무기를 번갈아 가면서 스왑, 각종 스킬의 위력을 극대화시키기 시작한 장첸의 공격이 부바트에게 치명상을 입혀 나갔다.

방어력이 깎이고, 고정 데미지를 입는 등.

스킬의 영향으로 점차 약화된 부바트의 바위 같던 몸이 결국 기울어진다.

"같잖은 새끼! 같잖은 새끼가 내가 누군 줄 알고! 키야악!"

장첸은 이미 쓰러진 부바트를 쉬지 않고 계속 칼로 찔러 댔다. 살기가 번들거리는 눈빛으로 대상을 난도질하는 장첸의 모습은 영화 속에서나 볼 수 있을 법한 살인귀 같았다.

주최 측은 선혈 효과를 최소화하고 있었지만 그럼에도 불구하고 잔혹하게 느껴지는 장면이었다.

급기야.

"부, 부바트 로그아웃!"

부바트가 잿빛으로 산화했다.

하지만 분이 풀리지 않는다는 듯이 장첸은 부바트가 쓰러져 있던 지면을 계속, 계속 칼로 내리쳤다.

"키약! 키야아아아아!"

끔찍한 기성을 내지르면서 말이다.

그 모습, 대중에게 공포로 각인되었다.

장첸을 응원하던 중국인들조차도 섬뜩함을 느끼고 침묵했다.

TV를 통해서 대회를 지켜보던 부바트의 아내는 딸아이들을 황급히 방으로 돌려보내야 했다.

소름 돋는 분위기 속에서.

"귀엽네."

출전을 준비하고 있던 그리드가 중얼거렸다.

진짜 미친놈 아그너스를 만나 본 경험이 있는 그에게 있어서 장첸은 멍멍 짖는 강아지 수준으로밖에 보이지 않았다.

† † †

"분위기가 달아올랐군."

32강 두 번째 경기를 준비하는 타르마의 입꼬리가 올라갔다.

신세대로 분류되는 장첸이 부바트를 꺾음으로써 화제를 불러일으켰으니 그에게는 호재였다.

운 좋게(?) 처음부터 그리드와 매칭된 그는 대중의 관심을 원하고 있었으니까.

자신이 그리드를 해치우는 모습을 한 사람이라도 더 많이

봐 주기를 그는 바라고 있었다.

그렇다.

타르마는 자신의 승리를 장담하고 있는 것이다.

대상의 무기를 일시적으로 소멸시키는 최강의 스킬 〈풍화〉로 그리드의 템빨을 손쉽게 무력화시킬 수 있다는 자신감에서 비롯된 확신이었다.

"오늘 네놈을 해치우고 반드시 과거의 삶을 되찾아 주마."

제2회 국가 대항전에서 그리드에게 단 3초 만에 패배했던 타르마는 명성을 잃었다. 업계에서 만만하게 보이기 시작하였고, 더 이상 의뢰가 들어오지 않는 지경에 이르렀다. 부를 잃은 것이다.

그뿐이랴? 그리드의 손에 블러드 카니발이 해산된 이후, 도망자로 전락하여 동대륙에 숨어들었던 그는 지옥 같은 삶을 살아야 했다. 서대륙과 비교해서 난이도가 무척 높은 동대륙에서의 생활은 실로 끔찍했다.

하지만 복수심을 불태우며 하루하루를 연명한 끝에 〈풍화〉를 얻었으니 기사회생이랄까.

"큭큭! 그리드……! 죽여 주마!"

지릿지릿!

타르마의 몸이 경기를 일으킨다.

그리드를 쓰러뜨림으로써 얻게 될 영광을 상상해 보는 것만으로 절정의 쾌락을 느끼는 것이다.

『부바트 선수가 충격적인 패배를 당한 가운데, 한국의 그리드 선수와 그리스의 타르마 선수가 무대에 입장하고 있습니다.』

『타르마 선수는 전 블러드 카니발의 일원으로 악명이 높았죠. 살신 페이커 이상의 어쌔신이라는 평가까지 들었던 인물입니다.』

하지만 작년, 그리드에게 단 3초 만에 패배하면서 이미지가 많이 변했다. 이제 사람들은 그에게 큰 기대가 없었다.

불과 어제까지만 해도 말이다.

『어쩌면 그에 대한 소문이 너무 과장됐던 게 아니냐는 이야기가 세간에 떠돌고 있었지만, 타르마 선수는 어제 진행된 지옥 달리기에서 엄청난 활약을 펼쳤습니다. 쟁쟁한 경쟁자들을 일수에 해치우고 금메달을 쟁취한 그는 본인에 대한 소문이 결코 과장되었던 게 아님을 증명해 보였죠.』

지옥 달리기에서 타르마가 보여 준 무위의 수준은 단언컨대 최고 수준이었다. 어쩌면 폰과 레가스를 넘어서는, 그리스나 데미안에 견줄 수 있는 실력자로 보였다.

이는 결코 과장된 평가가 아니었다.

어제 지옥 달리기가 끝난 이후, 타르마는 본인이 얼마나 대단한 존재인지 인터뷰에서 직접 밝히기도 했다.

'템빨단의 코크로 섬을 점령했던 사람이 바로 나다. 섬을 지키고 있던 템빨단을 내가 아주 도륙을 내 놓았었지. 크크, 거짓말 같으면 극검에게 가서 물어봐. 나에게 무참히 썰렸던 극검에게 말이야. 내가 작년에 그리드에게 패배한 건 단지 방심했기 때문이다!'

충격적인 인터뷰였다.
각국 언론사가 진실 여부를 확인하기에 이르렀고, 그 결과 타르마의 발언이 사실인 것으로 밝혀졌다.
타르마는 템빨단에 쓰디쓴 패배를 맛보여 준 몇 안 되는 인물 중 하나였던 것이다.
어쩌면 타르마가 그리드를 상대로 설욕하는 게 아니냐는 분석이 난무하기 시작했다.
이때.
'쓰고 싶다.'
무대에 올라 타르마를 마주 보고 선 그리드는 강한 욕구를 느끼고 있었다.
십만대군 학살검.
무패왕의 의지가 깃든 그 최강의 스킬을 대중 앞에 선보이고 싶다는 욕구였다.

왜?

중2병이라는 오명을 씻어 내야 했으니까!

인터넷에 떠도는 〈그리드 중2병 동영상〉이 얼마나 왜곡된 것인지 그리드는 빨리 증명하고 싶었다.

그러던 차에 타르마를 만난 건 행운이었다.

이미 오래전부터 비공식 랭커였던 타르마의 레벨이 그리드와 비등하거나 높을 가능성이 무척 컸기 때문이다.

'살살 싸우면서 투기를 쌓은 다음에 십만대군 학살검으로 마무리하면 딱이겠군.'

생각하며 캡슐에 몸을 눕히는 그리드.

사자의 성에서 다시 눈을 뜬 그가 타르마를 마주 보고 섰다.

타르마가 광소를 터뜨렸다.

"내가……! 내가 이 순간을 얼마나 기다려 왔는지 네놈은 꿈에도 모르겠지! 크하하하하하!"

타앗-!

타르마가 몸을 날렸다.

모든 전투 클래스를 통틀어서 생명력과 방어력이 낮은 대신 극단적으로 뛰어난 공격력과 민첩성을 발휘하는 어쌔신.

그 어쌔신의 정점일 수도 있다고 평가받는 타르마의 신속은 가히 엄청났다. 그리드에게 순식간에 도달하여 공격을 날린 것이다. 물론 전력이 실린 공격은 아니었다. 타르마는 겉으로 보이는 것과 달리 신중했다. 우선 탐색전을 펼칠 계획이었다.

쐐액-!

최소한의 동작으로 빠르게 쏘아지는 일격.

푹-!

타르마의 황색 단도가 그리드의 어깨를 찔렀고, 데미지를 확인한 타르마는 그리드의 반격을 우려, 가볍게 뒤로 몸을 날렸다.

그때.

퍼어어어어어어엉-!

〈알렉스의 신속 장갑〉을 기반으로 최고속 직전까지 도달한 그리드의 평타가 타르마를 베었다.

포효하는 드래곤의 브레스처럼 흉악한 검은 불꽃이 폭발하며 일대를 집어삼켰다.

[대상이 사망하였습니다.]

"……?"

떠오르는 알림창에 그리드는 당황하였고.

『아앗! 과연 최강의 어쌔신답습니다! 타르마가 거짓말처럼 사라졌습니다!』

『어디에도 보이질 않는군요! 놀라운 은신술입니다!』

각국 방송사의 해설진과 관중들, 그리고 시청자들은 타르마의 사망을 인지하지 못하고 있었다.

플레이어의 사망을 상징하는 〈잿빛 기둥〉 이펙트가 검은 불꽃의 화려한 이펙트에 묻힌 까닭이었다.

삐질.

고성에 홀로 덩그러니 선 그리드가 식은땀을 흘렸다.

뒤늦게 상황을 파악한 진행자가 경기 종료를 알리기 전까지, 몇 초 동안이나 그는 멀뚱멀뚱 서 있어야 했다.

† † †

1.6초.

〈그림자 이동〉을 전개한 타르마가 그리드에게 도달하기까지 걸린 시간이다.

이후 타르마의 단도가 그리드의 어깨를 찌르고, 그리드의 검붉은 장검이 타르마의 몸을 양단하기까지 또 0.5초가 걸렸다.

그래, 불과 2.1초다.

타르마가 패배하는 데 걸린 시간은 막말로 찰나였다. 본인이 보유하고 있던 3초 패배 기록을 갱신해 버린 것이다.

"……."

도쿄 돔이 침묵에 빠진 그때.

충격에 빠진 중국 • 219

툭.

대한민국의 어떤 시청자가 손에 들고 있던 족발을 바닥에 떨어뜨렸다. 치킨 대신 시킨 포식이불족발이었다.

관중들, 시청자들과 마찬가지로 넋을 잃었던 TV 속 해설진이 뒤늦게 입을 열고 있었다.

『스킬… 그리드 선수가 강력한 즉발 스킬을 습득해 왔군요.』

『아……! 네! 마, 맞아요! 바로 그겁니다!』

그리드가 사용하는 공격 스킬 대부분은 '검무'라는 준비 동작이 필요했다. 때때로 장점으로 승화되는 동작이었지만 단점으로 작용하는 경우가 더 많았다. 전투 특화 클래스들의 즉발 스킬과 비교하면 아무래도 맹점이 있었다.

그리드의 유일한 약점이라고도 볼 수 있는 부분이었다.

한데, 올해의 그리드는 약점을 극복해 온 것이다.

『그리드 선수는 번헨 열도를 공략한 영웅이죠. 번헨 열도를 공략한 보상으로 최강의 스킬을 습득한 듯합니다.』

『완전체로 거듭난 것이군요…….』

그리드가 타르마를 '평타'로 단칼에 죽였다고는 그 누구도 예상하지 못했다. 아니, 상상조차 못했다. 상식에 위반되는 일을 쉽게 상상할 수 있는 사람은 드물게 마련이니까.

전문가들은 그리드가 새로운 궁극기를 습득해 온 것으로 해석했고, 몇 번이나 반복 재생 중인 리플레이 영상을 확인한 관중들과 시청자들 또한 이에 동의했다.

『신속을 자랑하는 어쌔신조차도 피하지 못하는 범위를 자랑하는 즉발 화염 스킬… 아! 어쩌면 바로 저게 흑염룡……!』
『흑염룡……? 설마 미국의 라우엘 선수가 몇 번이나 말했던 비장의 힘을 말하시는 겁니까?』
『네, 맞습니다. 라우엘 선수가 각종 언론 매체와의 인터뷰에서 말한 바 있죠. 자신의 오른손에는 흑염룡의 힘이 봉인되어 있으며, 자신이 섬기는 주인 그리드에게도 마찬가지로 그 힘이 봉인되어 있다고. 어쩌면 그리드는 그 힘의 봉인을 푼 걸 수도…….』
『그 흑염룡이라는 게 어떤 히든 퀘스트의 보상인가 보군요. 이거 참 무시무시하네요…….』

도중에 심천포로 빠지기 시작한 해석이 있었지만 그 부분을 문제 삼는 사람은 적었다.
저 검은 불꽃의 정체가 흑염룡이든 그렇지 않든.
어찌 됐든 그리드가 궁극의 스킬을 습득해 온 것은 사실이었으니까.

사람들은 완전체로 거듭난 그리드와 크라우젤의 결전을 더욱더 기대하게 되었다.

† † †

"타르마 선수! 2초 만에 로그아웃 당한 심정을 말해 주십시오!"

"닥쳐!"

경기 종료 후.

타르마는 부끄럽다는 듯이 허겁지겁 무대에서 내려왔다. 그는 겁에 질려 있었다.

블러드 카니발을 단신으로 해산시켜 버린 그리드에 대한 공포……. 잠시 망각하고 있던 두려움이 거머리처럼 스멀스멀 올라와 타르마의 몸과 마음을 옥죄어 왔다.

바들바들.

서둘러 대기실로 피신하는 타르마의 전신이 감당 안 될 정도로 떨린다.

타르마는 깨닫고 있었다. 본인이 발버둥 쳐 봤자 그리드와의 힘의 격차는 메워지지 않는다는 사실을 말이다.

'저 괴물하고 마주쳐선 안 돼.'

코크로 섬 사건을 빌미로 어떤 해코지를 당할지 모른다.

"비웃신."

"……?"

창백한 얼굴로 도망치던 타르마가 제자리에 멈춰 섰다. 대기실로 향하는 복도 한쪽에 기대고 선 장췐이 자신을 비웃고 있는 까닭이었다.

"한 방에 죽는 게 말이 된다고 생각하니? 구세대 새끼들은 죄다 병신인 기야?"

"네놈……!"

타르마의 얼굴이 붉게 달아올랐다. 그리드의 힘도 모르면서 함부로 지껄이는 애송이에 대한 그의 분노는 무척 컸다. 순식간에 눈에 살기가 깃들었다.

하지만 금방 잠재워질 살기였다.

장췐의 곁에 있는 경호원들이 모습을 확인한 타르마가 기세를 잃고 움츠러들었다.

그를 본 장췐이 콧방귀 뀌었다.

"꼬리 내리는 모습이 너무 잘 어울리는 거 아이니? 그냥 태생이 잔챙이인 것이야? 그동안 네깟 놈이 설치고 다닐 수 있었던 걸 보면 세상이 미쳐 돌아간 게 아닌가 싶어."

"너……! 3세대 루키라고 했나?"

내해 새롭게 탄생하는 10인의 루키.

선배 플레이어들이 쌓아 올린 노하우와 세상에 공개된 공략법을 토대로 광속의 성장을 이루는 그들의 성격은 대체

적으로 기고만장했다. 선배 플레이어들보다 본인들의 성장이 빠른 이유가 순전히 본인들의 재능 덕분이라고 믿는 구석이 있었기 때문이다.

선배 플레이어 입장에서는 가소로울 뿐이다.

"내가 장담하지. 너도 2초다. 너도 그리드의 단 일격에 죽어 버릴 거야. 그리드는 괴물이고, 네놈은 나보다 나은 부분 하나 없는 잔챙이니까!"

부디 그렇게 되기를 간절히 소망하는 타르마였다.

눈앞의 애송이가 그만큼 마음에 안 드는 것이다.

'제길! 내가 그리드를 응원하게 되는 날이 올 줄이야!'

호언장담한 뒤 도망치듯 사라지는 타르마.

그의 초라한 뒷모습을 향해서 장첸이 소리쳤다.

"개새끼가 주둥이 하나는 잘 놀리는구만! 너희 구세대가 얼마나 무능했었는지를 똑똑히 지켜보라우! 알갔니?"

시간과 발전은 비례하고, 이는 사람에게도 적용되는 법이다. 역사 속 위인보다 과학 시대의 위인이 훨씬 더 많다.

구세대보다 신세대가 무조건 낫다.

장첸의 생각이었다.

개인적인 생각!

"그리드, 내가 네게 도전하는 일은 두 번 다시 없을 거다."

"……."

선수 대기실로 돌아가는 길.

그리드는 자신을 기다리고 있던 부바트와 일대일로 대면했다.

부바트의 얼굴에는 쓴 미소가 걸려 있었다.

"장첸이라는 애송이에게 지고 나서야 확실하게 깨달았어. 일대일 전투에서는 내게 희망이 없단 사실을 말이지."

제1회, 제2회 국가 대항전 PvP 당시.

부바트는 그리드를 제외한 다른 상대들에게서 오직 승리만을 거두었었다. 그리드에게만 패배했었기 때문에 간과했다. 크러셔의 한계를 말이다.

크러셔는 결국 이니시에이터. 공격력이 약하다.

대상을 무력화시킬 수는 있으나, 무력화된 대상을 마무리지을 수 있는 결정력은 없는 것이다.

그 뼈아픈 현실을 인정하기까지 너무 오랜 세월이 걸렸다.

"어쩔 수 없지. 그리드 너를 제외하면 그저 그런 상대들하고밖에 싸워 보지 못했었으니까. 나는 내가 정말로 강한 줄 알았어. 그래서 네게 도전 의식을 불태워 왔던 거야. 하지만 오늘 장첸과 싸우면서 확실히 깨달을 수 있었다. 일정 경지에 도달한 상대를 내가 꺾는다는 건 불가능하다는 사실을 말이야."

"흠……."

그리드는 어떤 반응을 보여야 할지 난처했다.

부바트와의 악연, 벌써 3년째인지라 미운 정도 들었다고 하지만 그렇다고 해서 딱히 호감이 있을 이유도 없다.

파트리안을 침공해서 템빨단을 위기에 빠뜨리기도 했던 부바트를 그리드는 확실히 적으로 인식하고 있었다.

그런 상대가 굳이 자신을 찾아와서 말해 봤자 반가운 마음은 없었다.

난감해하는 그리드의 모습을 확인한 부바트가 손사래 쳤다.

"아니, 딱히 네게 부담 줄 생각은 없었어. 이제 와서 너와 새로운 관계를 맺고 싶다는 염치없는 말을 할 생각도 없고. 그저… 그저 나는."

파르르.

몇 분 전 부인에게 걸려 온 전화를 떠올린 부바트의 눈가가 경련했다.

자신을 잔인하게 해친 장첸 때문에 아이들이 충격을 받았다는 통화 내용이 자꾸 귓전을 맴돈다.

"…그 잔인한 애송이에게만큼은 네가 지지 않기를 바란다."

"장첸이라는 사람 말인가?"

"맞아. 제발 조심해. 그런 놈이 만에 하나라도 너를 이겨서 계속 경기에 나왔다가는……."

내 딸아이들을 비롯한 어린이들에게 있어서 국대전은 더 이상 꿈의 무대가 아니게 된다.

차마 뒷말을 잇지 못하고 말끝을 흐린 부바트가 그리드의 승리에 도움이 되었으면 하는 바람으로 정보를 제공했다.

"신인이라고 해서 너무 방심하지 마. 장첸 그놈의 갑옷은 무려 3배의 데미지를 반사하는 옵션을 갖고 있으니까. 자칫하다가는 아무리 너라도 위험할 수도 있어."

그리드처럼 공격력이 강한 사람이 3배의 반사 피해를 입는다고 생각해 보면 끔찍하다.

어쩌면 그리드가 질 수도 있다.

부바트는 이와 같은 염려를 품고 있었기에 굳이 그리드를 찾아왔던 것이다.

"3배의 반사 데미지라……. 흠, 알았다."

별 감흥 없는 표정으로 고개를 끄덕인 그리드가 부바트를 그냥 지나쳐 갔다.

뚜벅뚜벅.

"……."

점차 멀어지는 그리드의 발소리.

한때는 자신의 목표였던 그에게 부바트는 작별의 인사조차 건네지 못했다. 자신이 그리드와 템빨단에게 한 짓을 알고 있었으니까. 친숙하게 인사할 수 있을 리 만무하다.

그저 조용히 서 있을 수밖에 없는 그의 귓가로 그리드의 목소리가 들려왔다.

"당신은 약해."

"……."

"당신의 말대로 일대일 대결에서는 말이지."

"……?"

"언젠가 전쟁에서 다시 만날 때, 그때는 우리가 더 이상 적이 아니었으면 좋겠군."

"…그리드."

천하의 템빨왕이 최소한 전쟁에서만큼은 나를 인정해 주었던 건가?

부바트가 전율했다. 침울했던 그의 얼굴에 밝은 미소가 깃들었다.

† † †

PvP 32강은 빠르게 전개됐다.

상대적 약자들은 당연히 탈락했고, 자격이 있는 자들만이 16강에 진출했다.

개중에는 검성 크라우젤도 있었다.

우승 후보자 중 하나로 거론되었던 영혼 약탈자 수에론을 32강에서 만난 그는 작년보다 더 압도적인 솜씨로 그를 꺾었다.

작년보다 몇 배는 강력해진 크라우젤의 모습을 사람들은 당연하게 받아들였다.

반면 그리드는 큰 충격에 휩싸였다.

크라우젤의 레벨이 작년보다 최소 50 이상 낮다는 사실을 알고 있었기 때문이다.

'아직 300레벨도 안 될 텐데 저 정도라니······.'

어쩌면, 아주 어쩌면 올해야말로 크라우젤에게 승리할 수 있는 마지막 기회가 아닐까?

시간이 지나면 지날수록 자신은 저 천재에게 도달할 수 없을 것이다.

이처럼 생각하는 그리드.

두근! 두근!

본인도 모르게 웃고 있다.

크라우젤이라는 하늘이 보다 더 높아질수록 자신 또한 노력이라는 이름의 탑을 보다 더 높이 쌓을 수 있다는 사실, 그는 본능적으로 느끼고 있었다.

"어이, 빵쯔. 무슨 생각하니?"

장첸.

그리드의 16강 상대인 쥰궈 선수가 눈앞에서 이죽거린다.

"짐 싸서 집에 갈 생각하는 거니?"

"개새끼가 무슨 개소리야?"

"······?"

그리드가 황당하다는 표정으로 욕설을 지껄이자 장첸이 당황했다.

여태까지 자신이 만나 온 '기존의 강자'들은 체통이라는 것에 집착하는 성향이 강했다. 어지간히 도발하지 않는 이상 본색을 드러내지 않았고, 그들이 꾹꾹 인내하는 모습을 보고 즐기는 게 장첸의 취미였다.

한데, 그리드는 무려 왕좌에 오른 인물임에도 불구하고 쉽게 상소리를 지껄이는 것이다.

"난 네가 약하다는 이유만으로 무시할 생각이 없어. 존중받고 싶으면 알아서 처신 잘해라, 이 좆간나 새끼야."

딸칵.

할 말 다 하고 나서야 뒤늦게 마이크를 켜는 그리드였다.

콧방귀 뀌면서 캡슐에 눕는 그를 멍하니 지켜보던 장첸의 얼굴이 뒤늦게 붉게 달아올랐다.

"빵쯔……! 빵쯔 새끼가 감히……! 내가 누군 줄 알고!"

약하다는 이유만으로 무시할 생각 없다고?

말인즉 내가 약하다는 건가?

"개새끼가!"

흥분해서 소리친 장첸이 황급히 캡슐로 가서 누웠다. 그는 한시라도 빨리 그리드와 싸워서 패배를 맛보여 주고 싶었다.

"로그인! 로그이이인!"

† † †

세계 각국에는 온갖 방언이 존재한다. 땅덩어리가 크고 인구도 많은 중국엔 무려 100개가 넘는 방언이 있다고 전해졌다.

"표준어로 통일."

Satisfy에 접속하자마자 그리드가 한 일은 통역 시스템의 〈방언 구현 모드〉를 종료하는 것이었다.

한국어로 번역해서 들을 경우 하필이면 연변족 말투가 되는 장첸의 방언이 듣기 영 거북했던 까닭이다.

"개인적으로 연변족을 싫어하거든."

"뭐라는 거야?"

메마른 바람에 풍화되어 가는 무너진 성벽.

그 너머로부터 등장한 장첸은 노골적인 살기를 드러내고 있었다.

"그리드 넌 곱게 죽을 생각 마라."

장첸이 Satisfy를 시작한 것은 불과 2년 3개월 전이다.

대량의 정보와 막강한 재력을 이용해서 기존의 플레이어들을 따라잡고, 탁월한 재능으로도 2세대 루키들마저 초월, 랭커로 급부상한 그는 스스로에 대한 자부심이 엄청났다.

그리드? 크라우젤?

사람들에게 지존이라고 인식되는 그들 또한 자신의 적수

는 아니라고 믿을 정도였다.

"국대전에 참여한 후 더 큰 확신을 품었다. 기존의 플레이어들은 약해. 썩어 빠진 둔재투성이다. 그깟 쓰레기들 위에 군림하는 왕이라고 해 봤자 별것 없겠지. 안 그래?"

작금의 Satisfy를 표현하자면 사자 잃은 숲이다. 늑대와 여우가 활개를 치고 있는 실정이다.

장첸은 본인이야말로 부재중인 사자의 자리에 오를 인재라고 믿었다.

"내가 이 숲의 주인이 되어 주마."

이길 수 있다.

장첸에게는 확신이 있었다.

구세대들이 천재라며 떠받들고 있던 2세대 루키들을 가볍게 뛰어넘는 재능, 그리고 그리드보다 뛰어난 템빨이 확신의 근거다.

"뭐로 썰어 줄까?"

큭큭, 오만하고 사악한 미소를 피어 올린 장첸이 8종의 레전드리급 무기를 순차적으로 스왑해 보였다.

각기 용도가 다른 최강의 무기들.

생김새부터 범상치 않은 것들이 강화조차 잘돼 있다.

"오오……."

장첸이 무기를 바꿔 줄 때마다 화려한 이펙트가 발생하자 관중들이 감탄하는 반면.

"어떤 무기를 꺼내 봤자 소용없어. 어차피 너에게는 휘두를 기회조차 없을 테니까."

그리드는 무심한 눈빛으로 말했다.

장쳉의 심기를 자극하기에 충분하고도 남을 발언이었다.

"하찮은 들개들의 왕 따위가……! 개새끼 따위가 감히 사자를 능멸하다니! 오늘 네게 현실을 주지시켜 주마! 여태까지 네가 왕으로 군림해 왔던 이 세상이 얼마나 하찮고 허황한 것이었는지를 깨닫게 해 주겠다!"

악에 받쳐 고래고래 소리치는 장쳉의 얼굴이 대춧빛으로 물들었다. 도끼눈이 치켜 올라가면서 삼백안이 더욱 도드라지자 그 모습이 마치 악귀 같다.

그리드가 씁쓸한 미소를 지었다.

'신세대의 돌연변이라…….'

그리드는 일국의 왕이다. 일반적인 플레이어는 범접조차 할 수 없는 정보력을 보유하고 있는 그가 장쳉에 대해서 모를 리 만무했다.

3세대 10인의 루키 중 독보적인 성장을 이룩한 귀재. 2세대 루키조차 초월한 지 오래라고 하던가.

'나름 기대했었는데.'

국대전에서 실제로 목격한 장쳉은 그저 오만덩어리에 불과했다.

그리드를 포함한 구세대를 한데 뭉쳐서 폄하하는 그를 보면서 그리드는 책임감을 느꼈다.

저 우물 안 개구리가 구세대에게 품은 편견을 없애야 한다는 책임감이었다.

이는 그리드 본인은 물론이고 소중한 동료들과 친구들을 위한 의무였다.

우리가 그동안 개척해 온 길, 쉽게 뒤따라온 누군가에게 하찮게 치부되는 것을 그리드는 원치 않았다.

스파아앗-

그리드의 등 뒤로 4개의 황금 손이 떠올랐다. 확정 경직을 유도하는 최강의 상태 이상 유발 무기, 〈묠니르〉를 무장한 갓 핸드들이었다.

그 유명한 신의 손이 출현하자 장첸의 두 눈이 의욕적으로 번뜩였다.

"큭큭! 크하하하하! 역시! 그럼 그렇지! 너도 나를 인정하고 두려워하는 거구나!"

역대 국가 대항전 PvP에서 그리드가 갓 핸드를 사용한 경기는 드물었다. 크라우젤을 상대할 때를 제외하면 갓 핸드를 처음부터 적극적으로 활용한 경우가 없다.

장첸의 입장에서는 들뜰 수밖에 없는 것이다.

그리드가 자신을 최대의 난적 크라우젤과 동급으로 보고 있다는 사실이 증명되었으니까 말이다!

관중들도 흥분했다.

"그리드가 벌써부터 황금 손을 꺼내다니!"

"장첸이 강하긴 강한가 보네……."

"과연 최강의 3세대인가!"

장첸은 구세대 최강 중 하나였던 부바트를 꺾은 인물이다. 괴물 신인이 아니냐는 추측이 난무하던 상황에서 그리드가 처음부터 전력을 드러내자 사람들은 장첸을 더욱더 높이 평가할 수밖에 없었다.

특히 중국이 축제 분위기였다.

"드디어 우리 대국에도 영웅이 등장했구나!"

"매번 그리드에게 무릎 꿇었던 하오 따위와는 격이 다른 천재야! 아직 신인인데도 불구하고 저 운 좋은 그리드 놈을 긴장시키다니 말이지!"

"장첸은 시작일 뿐이다. 우리 대국에는 무수한 인구가 있고, 젊은 세대는 나날이 발전하고 있어. 대륙을 호령하였던 역사 속 영웅들의 후손들이 앞으로도 계속해서 등장해 세계 무대를 점령하게 될 거야!"

중국인들의 조국에 대한 자부심은 세계 최고 수준이다. 국뽕이라는 이름의 마약에 취한 그들은 쉴 틈 없이 떠들어 대면서 찬란한 미래를 꿈꿨다. 중국이 세계 제일의 대국으로서 Satisfy 또한 장악하리라고 믿어 의심치 않았다.

고삐 풀린 망아지처럼 흥분한 그들 15억 인구에게.

"인정하고 두려워해? 내가? 너를?"

그리드가 절망을 선사한다.

"넌 날파리야. 너 따위를 잡는 데 내가 직접 나설 필요도 없지. 소환, 이야루그트."

쿠르르르르르릉!

그리드가 뽑아 쥔 이야루그트가 천둥처럼 포효한다.

혈빛의 마기를 사방으로 방출하며 날뛰는 녀석, 그리드의 근력으로도 붙잡아 놓을 수 없다.

파아앗-!

그리드의 손아귀로부터 벗어난 이야루그트가 하늘 위로 떠올랐다.

블러드 스톤으로 제련되어 반투명한 붉은 빛깔을 띠던 검신이 칠흑으로 물든다. 그 위로 금색의 고대 문자들이 휘갈겨지는 광경, 신비롭고 아름답다.

'뭐지?'

장첸을 비롯한 관중들이 놀라운 광경에 현혹되어 넋을 잃는 그때.

고오오오오…….

이야루그트는 더 이상 요동치지 않았다. 방출하던 혈빛의 마기 또한 모조리 갈무리하며 고요해졌다.

"……."

시간이 멈춘 듯한 정적이 흐른다.

짧은 정적이었다.

파아아앗-!

정적은 깨졌고, 여전히 허공에 떠올라 있는 이야루그트로부터 붉은 구슬 하나가 튀어나왔다.

지옥 제일 검사, 검귀, 검마, 대악마 제파르의 유일한 적수 등.

살아생전 온갖 광오한 수식어로 치장되었던 이야루그트의 영혼이 대중 앞에 모습을 드러내는 순간이었다.

"무슨 수작을……!"

뒤늦게 불안을 감지한 장첸이 황급히 몸을 날렸다. 저 검붉은 마검을 그대로 놔둬선 안 된다는 본능이 그의 행동을 지배하고 있었다.

하지만 이미 늦었다.

우주의 별빛처럼 영롱하게 반짝이던 이야루그트의 영혼, 빛을 폭사하더니 사람의 형상을 갖추어 나가고 있었다.

허리 굽은 노인.

혈빛의 마기를 타오르는 불꽃처럼 전신에 두른 그의 이마에는 날카로운 외뿔이 솟아 있었고, 눈두덩이는 발달한 근육처럼 툭 튀어나와 있었다. 그늘진 눈가에 엿보이는 홍채는 심연의 바다처럼 깊다.

"마족……!"

플레이어가 마족을 소환했다고?

아니, 소환사 계열의 히든 클래스 전직자라거나 3차 전직한 흑마법사라면 또 몰라도 대장장이인 그리드가?

전혀 예상치 못한 전개에 장첸의 안색이 하얗게 질렸고, 그 앞에 소환된 백발의 노인, 검귀 이야루그트는 폐부 깊숙이 들어오는 달콤한 공기를 만끽했다.

"감미롭다."

마력을 타고나지 못한 하급 악마 출신이나, 오로지 검술만을 연마하여 대악마와도 호각을 겨루었던 존재.

지옥의 유수한 권력자 마르바스로부터 지옥의 판도를 바꿀 수도 있는 자라고 평가받았던 그가.

서걱-!

여전히 허공에 떠 있는 이야루그트를 거머쥐더니 곧바로 장첸을 베었다.

"컥……!"

[지고한 검술에 약점이 노출됩니다.]

[회피율이 무시되고 방어력이 하락하며 치명적인 피해를 입게 됩니다.]

[12,150의 피해를 입었습니다!]

"크, 크윽……!"

일검.

단 일검에 생명력의 5분의 1을 손실한 장첸이 혼란에 휩싸인다.

도대체 이 마족은 뭐란 말인가?

예상치 못한 괴물의 출현에 정신을 차리지 못하는 장첸의 얼굴을.

 덥석!

 왜소한 체구를 한 노인의 것이라고는 믿기지 않게도 커다란 손으로 거머쥔 이야루그트가 그대로 땅에 처박았다.

 퍼어억-!

 아무런 저항도 하지 못하고 지면에 처박히는 장첸!

 "……."

 무력한 장첸의 모습에 한껏 들떠 있던 중국인 관중들과 시청자들이 모두 꿀 먹은 벙어리가 되어 버렸다.

† † †

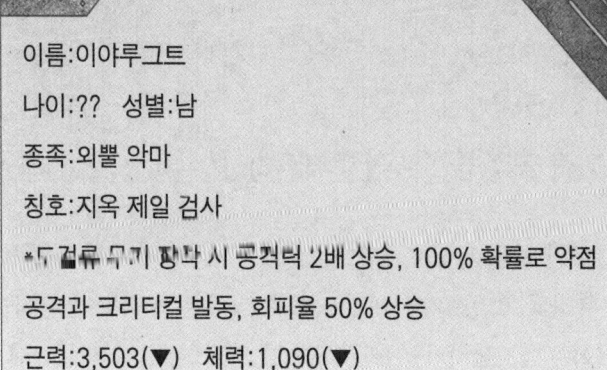

이름:이야루그트

나이:?? 성별:남

종족:외뿔 악마

칭호:지옥 제일 검사

*두 걸류 무기 장착 시 공격력 2배 상승, 100% 확률로 약점 공격과 크리티컬 발동, 회피율 50% 상승

근력:3,503(▼) 체력:1,090(▼)

민첩:3,201(▼)　지력:330(▼)

스킬:〈검사의 눈(S)〉, 〈외길 인생(SS-)〉, 〈검기 폭발暗(S)〉, 〈화산 부수기(SS)〉, 〈지옥달 가르기(SS)〉, 〈지고의 검(SS+)〉

하급 악마로 분류되는 외뿔 악마 출신입니다.

포기하지 않고 검술을 단련한 결과 살아생전 지옥 최강의 검사가 되었습니다.

하지만 태생적 한계를 극복하지 못하고 대악마 제파르와 싸움에서 패배, 사망하였습니다.

이후 저주를 받아 마검에 영혼이 귀속된 상태입니다.

*강적과의 대결에서 승리하여 살아생전의 감을 아주 약간 되찾았습니다. 몇 번 더 반복하면 실력을 회복할 수 있을 것 같습니다.(1/10)

*'적'으로 인식하는 상대와의 승부에서 승리해야지만 횟수가 축적됩니다.

*이야루그트가 동료애 강한 당신에게 어렴풋한 호감을 품고 있습니다.

'아직 힘을 되찾지 못한' 검귀 이야루그트의 스펙이다.

현재의 그리드와 일대일로 싸우면 매번 개처럼 얻어맞는 이야루그트였지만, 그래도 한때는 그리드를 압도했었다.

일반적인 관점에서는 당연히 강력한 마족이었다.

생명력과 방어력은 보통의 플레이어와 별반 차이가 없었지만, 확정 크리티컬을 위시한 공격력은 거의 그리드와 필적했다.

템빨단 내에서도 이야루그트와 대련해서 승리할 수 있는 사람은 10명 내외밖에 안 됐다.

그런 그를 이제 갓 3차 전직한 장쳰이 감당할 수 있을 리 만무하다.

장쳰이 자랑하는 컨트롤 실력? 이야루그트의 지고한 검술 앞에서는 통하지 않는다.

장쳰이 자랑하는 템빨? 그리드의 템빨에 몇 번이나 당해본 이야루그트에게는 하찮을 따름이다.

"크아아아아아!"

땅에 굴욕적으로 처박혔던 장쳰이 포효하며 몸을 일으켰다. 그리고 〈마족에게 추가 피해〉를 입히는 성검을 무장한 뒤 휘둘러 보고자 하지만, 이야루그트가 재차 휘두른 검에 손목을 베여서 공격 자체가 수포로 돌아갔다.

허겁지겁 뒤로 물러선 장쳰이 그리드를 노려보았다.

"너……! 너 이 빵쯔 새끼! 이런 비겁한 수작을! 나와 정정당당하게 승부해 봤지 질 것 같으니까 이런 무지막지한 괴물을 데려오다니!"

펫과 소환수의 전투력에는 한계가 있다.

일단 그 레벨이 주인의 레벨을 넘어서지 못하기 때문에 능력치가 낮았다.

하지만 눈앞의 마족은 〈흑패왕의 갑옷〉을 무장한 자신에게 1만대의 피해를 입혔다.

장첸이 상정하고 있던 그리드의 공격력을 가뿐히 초월하는 것이다.

장첸은 그리드가 특수한 퀘스트를 클리어한 대가로 일시적으로 계약한 마족을 불러온 것이라고 믿었다. 즉, 비장의 수단이라고 해석했다. 이야루그트가 그리드 고유의 소환물이라고는 전혀 생각지 못했다.

자신과 이야루그트에게 집중되는 카메라들을 의식한 그리드가 답한다.

"무지막지한 괴물은 무슨. 얘 그냥 내 펫이야."

"뭐라고! 무슨 개소리를!"

부정한 장첸이 그리드에게 쇄도했다.

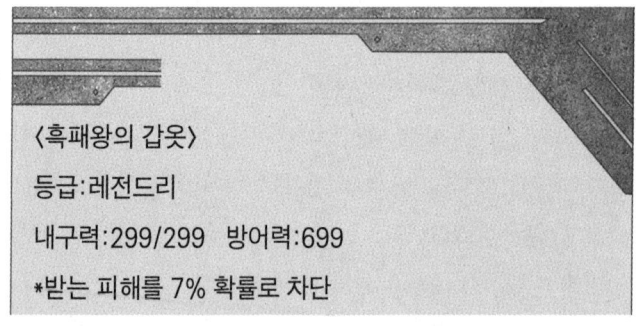

〈흑패왕의 갑옷〉

등급:레전드리

내구력:299/299   방어력:699

*받는 피해를 7% 확률로 차단

*어두운 곳에서 30% 확률로 은신 효과

*어두운 곳에서 방어력 20% 상승

*어두운 곳에서 민첩성 +50

*받은 피해량이 3만 축적될 때마다 3배의 마법 데미지로 반사. 이때 갑옷의 내구력이 50 감소합니다. 또한 3만 이상의 데미지를 한꺼번에 입을 시에는 효과가 발동하지 않습니다.

장첸은 최강의 갑옷을 위시하여 그리드와 마족을 일거에 해치워 버릴 각오였다.

이론적으로 충분히 가능한 일이었다.

흑패왕의 갑옷이 반사하는 9만의 데미지는 플레이어가 버틸 수 있는 수준이 아니었으니까!

하지만 그는.

퍽퍽!

[경직됩니다.]

[경직됩니다.]

[경직…….]

"윽! 컥! 엑!"

그리드에게 도달하지 못했다.

갓 핸드들이 날아와 휘두르는 폴니르에 공격을 허용한 시점부터 무한 경직의 지옥에 떨어진 것이다.

계속, 계속 망치에 머리통을 얻어맞으면서 비명만 내지르는 장쳰. 망치에 얻어맞을 때마다 좌우로 돌아가는 고개 탓에 마치 저급한 춤을 추는 듯한 모습이다.

사기라고밖에는 표현할 수 없는 무한 CC기에 무력화된 그를 팔짱 끼고 선 그리드가 비웃었다.

"내가 말했지? 네게는 검을 휘두를 기회조차 없을 거라고."

본래 그리드야말로 오만방자한 인물상의 대표 격이었다. 그가 마음먹고 잘난 척하면 장쳰의 잘난 척 따위 애교 수준이었다.

"너……! 너 이 치사한 자식! 억! 컥!"

얄밉게도 지껄이는 그리드의 태도에 분개하는 장쳰이었지만, 그는 뭐 어떻게 손을 쓸 도리가 없었다.

하필이면 100단위로 서서히, 아주 천천히 소모되어 가는 장쳰의 생명력 게이지를 확인하는 15억 중국 인구가 충격과 절망에 빠졌다.

제6장

# PvP 결승

# 템빨

[1,950의 피해를 입었습니다.]

[경직됩니다. 행동이 불가능합니다.]

[879의 피해를 입었습니다.]

[경직…….]

[880의 피해를 입었…….]

"윽! 컥! 엑! 크으……! 크아아아아아!"

거미줄에 구속당한 하루살이나 느낄 법한 무력감이 아닐까.

벌써 몇 분 동안 꼼짝도 못하고 선 채 묠니르에 연타당하던 장췐이 상처 입은 짐승처럼 포효했다.

그는 태어나 처음으로 느끼는 이 지독한 무력감을 받아

들이기 어려웠다. 일평생 승승장구해 온 자신이 왜 하필이면 전 세계가 지켜보는 가운데 이런 치욕을 당해야 한단 말인가?

'이대로 로그아웃당했다가는 고개를 들고 다닐 수가 없다!'

그리드와 크라우젤 모두 하찮다고 인터뷰한 지 채 한 시간이 지나지 않았다.

손가락 하나 까딱 않고 선 그리드에게 패배했다가는 타르마와 다를 게 없는, 주둥이만 산 쓰레기로 전락해 버린다.

꽈드득!

끔찍한 현실을 거부하고 싶었던 장첸.

이를 간 그가 시도해 보았다.

자유를 되찾기 위해서 경직과 경직 사이의 간극을 노린 것이다.

'집중하자!'

손 한 번만 까딱할 수 있으면 된다.

경직이 풀리는 찰나에 검을 휘둘러서 방어, 망치 한 자루의 공격만 막아 내면 계속되는 경직의 굴레로부터 해방될 수 있을 것이다.

마음을 차분하게 다스린 장첸은 그리 믿어 의심치 않았다.

지금까지는 상상해 본 바 없는 무한 CC기의 지옥에 당황해서 냉정을 잃고 있었으나, Satisfy에서 무한한 효과를 자랑하는 스킬(?)은 본래 존재할 수 없다는 사실을 깨달고 보니 이 지옥으로부터 충분히 벗어날 수 있다는 자신감이 생겼다.

하지만.

퍽!

1초.

퍽퍽!

0.1초, 0.1초, 0.1초, 그리고 또 1초.

4자루 망치가 번갈아 가면서 거는 경직에 빈틈은 존재하지 않았다. 장첸이 기껏 집중해 보았지만 부질없게도 경직으로부터 벗어날 타이밍을 찾지 못했다.

'이게 무슨 말도 안 되는……!'

사기다!

그리드는 필시 버그를 쓰고 있다!

장첸이 확신을 품는 순간.

[입은 피해량이 3만 누적되었습니다. 굴욕감을 느낀 〈흑패왕의 갑옷〉이 포효합니다!]

퍼어어어어어엉-!

장첸이 무장하고 있던 칠흑의 갑옷이 붉게 점멸하더니 폭발했다.

반석의 서막이었다.

폭발에 휩쓸린 갓 핸드들이 사방팔방으로 날아가 경직되었고, 그제야 장첸은 무한 CC기의 굴레로부터 해방될 수 있었다.

 꿀꺽!

 곧바로 생명력 회복 물약을 복용한 장첸이 그리드에게 몸을 날렸다.

 "언제까지고 뒤에 숨어 있을 수 있을 거라고 생각했냐!"

 무인의 질주는 호쾌하다.

 힘차게 내달린 장첸이 그리드에게 검을 휘두르려는 순간이었다.

 푸욱-!

 [13,050의 피해를 입었습니다!]

 팔짱 끼고 있는 그리드 옆에 뒷짐 지고 서 있던 이야루그트가 장첸을 저지했다.

 "컥!"

 그리드에게 눈이 멀었다가 이야루그트에게 허를 찔린 장첸이 피를 토한다.

 또다시 지옥이 시작되는 순간이었다.

 퍽퍽! 퍽퍽퍽!

 "윽! 억! 켁!"

 경직에서 풀려난 갓 핸드들이 날아와서 장첸을 마구잡이로 폭행했다.

 반격을 기대하였던 중국인 관중들을 김빠지게 만드는 광경이었다.

[입은 피해량이 3만 누적되었습니다. 굴욕감을 느낀 〈흑패왕의 갑옷〉이 포효합니다!]

"키야아아아아아! 개새끼! 죽인다! 죽인다아아!"

갑옷빨로 제치 경직에서 벗어난 상첸이 이번에는 〈쇠사슬〉부터 꺼냈다.

촤르르르륵!

사방으로 뻗어져 나간 쇠사슬들이 경직되어 있는 갓 핸드들을 구속한다.

'됐다!'

씨익!

회심의 미소를 그린 장첸이 물약을 복용한 뒤 이야루그트에게 돌진했다. 그리드에게 도달하려면 놈부터 꺾어야 한다는 사실을 깨달은 것이다.

채챙! 챙!

접전!

검술을 교환하는 장첸과 이야루그트는 얼핏 호각으로 보였다. 어느 정도 냉정을 되찾은 장첸은 본인의 실력을 120퍼센트 발휘하고 있었다. 저 얄미운 그리드 놈을 박살 내고야 말겠다는 열망을 품었기에 가능한 일이었다.

하지만 그의 선선은 길게 이어지지 못했다.

장첸이 이야루그트와의 싸움에 열중하는 사이, 슬그머니 움직인 그리드가 갓 핸드들을 구속하고 있는 쇠사슬들을 모조리 풀어 버린 까닭이었다.

퍽! 퍽퍽!

"컥! 윽! 억!"

퍼어어어어어엉-!

몇 차례 더 묠니르에 얻어맞은 장췐의 갑옷이 또다시 폭발했다. 이야루그트와의 교전 과정에서 이미 상당한 데미지가 누적되어 있었다는 뜻이다.

"개새끼……! 이 얄미운 새끼! 비겁한 새끼이!"

재차 쇠사슬을 날려 갓 핸드들을 구속한 장췐이 시뻘겋게 충혈된 눈으로 그리드를 노려보았다.

끝까지 전면에 나서지 않고 아이템과 펫으로만 싸워 대는 그리드가 얄밉지 않을 리 만무했다. 대전 격투 게임에서 얌생이만 쓰는 사람 같달까!

하지만 원한을 품고 분노하면 뭐 하는가?

장췐의 실력으로는 이야루그트와 호각을 펼칠지언정 이야루그트를 꺾을 수는 없었다. 그가 이야루그트에 발이 묶여 있는 동안 그리드는 갓 핸드들을 구속하고 있는 쇠사슬을 풀면 그만이었다.

느긋하게 휘파람이나 불어 대면서 말이다!

『…….』

해설진 모두 침묵했다.

너무나도 일방적이고 처참한 경기 내용을 굳이 입 밖에 꺼내기도 꺼림칙했던 것이다.

한편 그리드는.

'역시 불완전하군.'

장첸의 갑옷을 주시하고 있었다.

'맞을 때마다 반사'가 아니라 '일정량의 데미지가 누적될 때마다 반사'하는 옵션을 지닌 듯한 장첸의 갑옷은 한 번 폭발할 때마다 균열이 발생하고 있었다.

무려 3배의 반사 데미지를 입히는바, 장첸의 갑옷은 폭발적인 위력을 발휘하는 대신 그만큼 큰 페널티도 안고 있는 것이 확실했다.

그리드가 처음부터 예상했던 부분이다.

드롭 아이템보다 뛰어난 제작 아이템을 만들 수 있는 그리드조차도 3배 데미지를 반사하는 갑옷을 만들 자신은 없었으니까.

부바트에게 장첸의 갑옷에 대한 이야기를 들었던 시점부터, 그리드는 장첸의 갑옷에 치명적인 문제점이 있을 거라고 예견했었다.

퍼어어어어엉!

마침 흑패왕의 갑옷이 폭발하였고, 장첸은 곧바로 물약을 마셨다.

그리고 또 같은 짓을 반복했다.

퍼어어어어엉-!

급기야 흑패왕의 갑옷이 다섯 번째 폭발을 맞이했다.

여기서 장췐이 또 물약을 마셨다.

어떻게든 버티고자 발악하는 그를 확인한 그리드의 입가에 사악한 미소가 번진다.

'저 새끼가 웃……! 어?'

그리드의 재수 없는 낯짝을 목격한 장췐이 치를 떨다가 흠칫 놀랐다.

생전 처음 느껴 보는 굴욕감 속에서 이성을 완전히 상실한 까닭에 한 가지 사실을 간과하였음을 뒤늦게 깨달은 것이다.

'…갑옷의 내구력이!'

장췐의 등골이 오싹해진다.

흑패왕의 갑옷, 어느새 다섯 번이나 폭발하지 않았던가?

내구력이 250이나 손실된 상태다.

여기서 한 번 더 폭발했다가는……!

퍽! 퍽퍽!

"아, 안 돼……!"

[1,600의 피해를 입었습니다.]

[930의 피해를…….]

[965의 피해를…….]

다시 시작되는 묠니르의 연타 속에서 장첸의 얼굴이 점차 사색이 되었다.

"멈춰……! 제발! 제발 멈춰어어어!"

급기야 애원하기 시작하는 장첸의 처절한 질규가 노교 놈에 울려 퍼지자 관중들이 웅성거렸다.

그토록 기세등등하던 장첸이 어린아이처럼 울면서 애원하고 있었으니, 모두 당황할 수밖에 없었다.

그리고 그리드는.

"싫은데?"

멈추지 않았다.

장첸은 악이다.

그의 성격을 고려해 봤을 때 확실히 짓밟아 놓지 않으면 어떤 후환이 될지 모른다.

살면서 너무 많은 적들을 만나 온 그리드였기에 확실히 알고 있다. 자비를 베풀 대상과 베풀면 안 되는 대상의 차이를.

"오늘이 네 제삿날이라고 생각해."

"너……!"

무한 경직 탓에 아이템 스왑조차 불가능한 상황!

절망에 빠지는 장첸의 시야에 최악의 알림창이 떠올랐다.

[입은 피해량이 3만 누적되었습니다. 굴욕감을 느낀 〈흑패왕의 갑옷〉이 포효합니다!]

퍼어어어어어엉-!

[〈흑패왕의 갑옷〉의 내구력이 완전히 소실되었습니다. 〈흑패왕의 갑옷〉이 영구히 소멸합니다.]

"아, 안 돼! 안 돼에에에에에!"

절규하는 장첸에게.

푸욱-!

이야루그트가 마지막 일격을 꽂아 넣었다.

그제야 장첸은 지옥으로부터 해방될 수 있었다.

"승자 그리드!"

진행자가 외침과 동시였다.

"네깟 놈이……! 네깟 놈이 감히!"

로그아웃당하자마자 캡슐에서 뛰쳐나온 장첸이 그리드에게 달려들었다. 분노에 이성을 완전히 상실한 그는 지금이 국가 대항전 중이라는 사실조차 잊고 있었다. 자신의 행동이 실시간으로 전 세계에 중계되고 있다는 사실을 망각했다.

"죽여 버린다!"

광견병 걸린 개처럼 게거품을 물고 포효한 장첸이 주먹을 날렸다. 한발 늦게 캡슐에서 나온 그리드의 안면을 정확하게 노리는 주먹이었다.

불의의 기습이었다. 그리드가 얻어맞을 것으로 예상한 관중들이 탄성을 터뜨렸다. 하지만 의외로 그리드는 장췐의 공격을 허용하지 않았다.

몸에 익은 보법을 본능적으로 활용, 장췐의 주먹을 회피하더니 역으로 발차기를 날려서 장췐을 일격에 쓰러뜨려 버렸다.

Satisfy를 플레이하면서 자연스럽게 몸에 밴 동작과 지난 수년 동안 쉬지 않고 단련해 온 육체 능력, 그리고 군 복무 시절 배웠던 태권도를 삼위일체로 완벽히 활용한 반격이었다.

"……!"

장췐의 폭주를 목격하자마자 무대 위로 달려왔던 안전요원 모두가 넋을 잃었다.

너무나도 깔끔한 움직임으로 스스로의 몸을 지키는 그리드의 모습에 감탄하는 것이었다.

한편 그리드는 당황하고 있었다.

'와, 싸움 엄청 못하네.'

학창 시절 내내 얻어맞기만 하고 다녔던 그리드이다. 심지어 몇 년 전에는 세희와 예림이를 지킨답시고 양아치들을 상대하다가 얻어터지고 도리어 예림에게 보호받았었다.

하다 하다 여고생에게 보호받다니…….

그리드는 본인이 약하다고 생각할 수밖에 없었다. 세상에 자신보다 싸움을 못하는 남자는 드물 거라고 믿었다.

한데, 그런 자신에게도 장첸의 주먹은 슬로모션처럼 느리게 보였다.

'세상에 나보다 싸움 못하는 사람이 있을 줄이야……'

자신의 나약한(?) 발차기 한 방에 나가떨어진 장첸을 바라보는 그리드의 눈빛에 측은지심이 깃든다.

그가 알 리 없다.

장첸이 중국 무술 유단자라는 사실을 말이다.

관중들은 환호하고 있었다.

"우와아아아아아!"

"그리드 네가 그 망나니 같은 중국 놈을 오늘 아주 제대로 혼쭐내 주는구나!"

"어떻게 너는 싸움도 잘하냐! 도대체 못하는 게 뭐야!"

"저게 바로 엄친아……!"

"그리드! 그리드! 그리드!"

분위기가 후끈 달아오른다.

환호 속에 퇴장하는 그리드는 이 세상의 주인공 그 자체였다.

반면 장첸은 지속적인 욕설 사용과 폭력을 행사한 죄목으로 큰 징계를 받았다.

4개월 동안 Satisfy 계정 정지, 그리고 국가 대항전에 두

번 다시는 참가하지 못한다는 내용의 중징계였다.

중국의 새로운 별이 뜨자마자 진 것이다.

중국 전역이 초상집 분위기가 되었다.

하지만 그리드를 원망하는 중국인은 의외로 드물었다. 이번 사태는 장쳰 스스로가 자처한 일이었으므로 자업자득이라 여길 뿐이었다.

같은 시각, 한국 선수 대기실.

"…그리드가 나보다 싸움 잘하는 것 같은데?"

그리드의 보디가드를 자처해 왔던 툰은 직장을 잃을까 봐 걱정하고 있었다.

† † †

제3회 국가 대항전 PvP는 마치 그리드와 크라우젤 두 사람을 위해서 마련된 무대 같았다.

32강부터 결승에 오르기까지.

그리드가 압도적인 공격력을 바탕으로 상대를 일격에 해치우면 크라우젤 또한 똑같이 상대를 일격에 제압해 버렸고, 그리드가 손도 안 대고 상대를 농락하다가 헤치워 버리면 크라우젤 또한 〈미시어검술〉을 전개하여 팔짱 낀 채 상대방을 제압했다.

이상하게 템빨단원들이 단 한 명도 참가하지 않은 올해의

PvP는 오로지 두 사람의 경쟁 무대였다.

네 번의 경기가 치러지는 과정에서 그리드와 크라우젤은 단 한 번의 위기 없이 손쉽게 승리를 거머쥐었고, 대중은 두 사람의 독보적인 강함에 숨조차 쉬지 못하고 압도당했다.

"그리드는 작년보다 몇 배나 더 강해진 것 같은데?"

"템빨단이 PvP에 출전하지 않은 이유는 그리드 때문이 아닐까? 어차피 출전해 봤자 그리드한테 뻔히 질 걸 알고서 포기한 거지."

"신빙성 있는 해석이군. 내 생각도 같다."

"하지만 크라우젤도 훨씬 더 강해졌어. 그리드에게 조금도 밀리질 않아."

"맞아. 특히 이기어검술이 대박이야. 손도 안 대고 검을 움직이는 모습 좀 봐. 올해의 크라우젤은 갓 핸드 대비책을 완벽하게 갖춘 셈이야."

"과연 누가 이길까?"

누구도 섣불리 예상하지 못했다.

늘 말 많던 전문가들조차도 이번만큼은 함부로 의견을 밝히지 않았다.

기껏 방송에 출연해 놓고도 꿀 먹은 벙어리처럼 있는 그들에게 과연 출연료를 받을 자격이 있는가?

시청자들의 항의가 빗발쳤다.

그리드 탓에 점차 설 자리를 잃어 가는 전문가들은 예비

실직자나 다름이 없었다.

† † †

 압도적인 무위를 기반으로 결승전에 직행한 그리드와 크라우젤.
 경기 시작까지 30분 남은 시간을 확인한 그들이 같은 생각을 공유한다.
 '이길 수 있을까?'
 '이겨야 한다.'
 '올해가 아니면.'
 '더 이상은 이길 기회가 없을지도 몰라.'
 국가 대항전 기간 동안 서로의 실력을 목도한 두 사람은 서로를 인정하는 한편 두려워했다. 가늠하기 어려운 서로의 잠재력에 대해서는 기대와 우려를 동시에 품었다.
 두근. 두근. 두근…….
 한국 선수 대기실.
 평소보다 빨라진 심장 소리에 귀를 맡긴 채, 소파에 기대어 앉은 그리드는 회상한다.
 크라우젤과 처음 만났던 그날을.
 감히 멀리서 바라보는 것조차 쉽지 않던 하늘 위의 하늘이 '나'를 온전히 마주하던 순간의 감격을 떠올린다.

'…좋았다.'

그 감격을 어찌 이루 말할 수 있을까.

크라우젤과의 만남을 계기로 그리드는 격변했다. 보다 넓은 세상을 알았고, 성장하였으며, 본인의 저력을 알았고, 올곧은 자신감을 얻었다. 그리고 크라우젤이라는 '목표'를 향해서 지금까지 쉬지 않고 달려올 수 있었다.

'내가 그때 너를 만나지 못했다면, 나는 여기까지 성장하지 못했겠지.'

그래, 그리드에게 있어서 크라우젤은 각별한 사람이었다. 때때로 은인처럼 느껴질 정도였다.

'번헨 열도의 정보를 공유받았으니 실제로도 은인인 셈인가.'

피식, 미소 지은 그리드가 소파에서 일어났다.

"크라우젤, 네게는 나의 성장을 확인할 의무가 있다."

이긴다.

이번에는 기필코 이긴다.

열망하는 그리드.

지금의 그는 깨닫고 있었다.

앞으로 자신은 누군가의 뒤를 쫓는 사람이 아니라, 보다 앞서 나가야 하는 사람임을.

자신을 보고 꿈을 키우는 중인 템빨국 백성들과 한국의 젊은 플레이어들을 위해서라도, 그리드는 진화해야만 했다.

크라우젤이라는 하늘을 꺾음으로써 말이다.

'여태까지 네가 맡아 왔던 역할… 앞으로는 내가 대신해 주마.'

꾸욱.

떨리는 손을 말아 쥐는 그리드의 얼굴, 그 어느 때보다 더 비장하다.

† † †

상념에 젖은 그리드를 혹 방해라도 할까 염려한 다른 한국 선수들은 대기실 바깥에 나와 있는 상태였다.

"누가 이길까?"

다른 이들은 함부로 입 밖에 꺼내지 못했던 그 의문, 분위기에 휩쓸리지 않는 성격의 비올라가 가장 먼저 거론한다.

그러자.

"당연히 갓리드가 이기지."

극검은 잠시도 망설이지 않고 대답하는 반면.

"……."

다른 선수들은 섣불리 추측하지 못하고 침묵했나.

무려 1년 3개월 만에 성사된 그리드와 크라우젤의 리매치.

여기에는 두 사람의 자존심뿐만 아니라 한국과 미국의 운명까지 걸려 있었다. 이번 경기에서 누가 이기느냐에 따라서 종합 순위 1위 국가가 결정됐고, 종합 1순위 국가의 국민들은 대량의 경험치 버프를 확보할 수 있게 된다.

한국 선수들의 입장에서야 당연히 그리드의 승리를 기원하고 있었다.

하지만 문제는 상대가 천외천이라는 점이었다.

Satisfy가 오픈한 이래 쭉 지존으로 군림해 온 인물.

제아무리 그리드가 입지전적인 인물이라고 해도 과연 크라우젤을 꺾을 수 있을지는 확신하기 어려웠다.

"결국 부딪쳐 봐야 알겠지."

포식이불족발이 말한다.

"검성이 된 크라우젤의 저력을 가늠할 수 없는 건 사실이지만, 그리드 또한 아직 전력을 드러내지 않았어. 누가 이길지는 그들 본인도 모를 거다."

〈검성〉이 최강의 전투 특화 클래스라는 사실은 아마도 부정하기 힘들 것이다. 하지만 그리드에게는 크라우젤을 앞서는 템빨과 렙빨이 있었다.

"…뭐, 개인적으로는 그리드를 응원한다."

단지 버프가 탐나서가 아니다.

자신을 꺾었던 그리드가 이제 와서 크라우젤에게 진다면?

'나도 덩달아 크라우젤 아래라는 소리가 되는 거잖아. 젠장.'

의문의 1패만큼은 사양한다!

간절히 바라는 포식이불족발의 속마음도 모른 채 극검은 방실방실 웃고 있었다.

"그리드의 승리를 바란다고? 족발 친구! 자네도 드디어 갓리드의 매력에 빠진 겐가!"

"무슨 헛소리를……! 그저 버프가 탐나서 그런 거다!"

결승전 시작까지 20분 남았다.

† † †

미국 선수 대기실.

"……."

눈 감은 채 정좌하고 앉은 크라우젤이 떠올린다.

지독한 광기를 품었던 아그너스와 처음으로 조우하였던 날을.

속세에 전혀 관심이 없던 하스터와 처음이자 마지막으로 조우하였던 날을.

검은 눈동자에 불꽃을 품고 있던 그리드와 처음으로 조우하였던 날을.

S.A그룹이 〈기적의 5인방〉이라고 칭하는 그들 중에서 크라우젤의 피를 끓어오르게 만들었던 사람은 다름 아닌 그리드였다.

피아로와 싸운 직후였다고는 하나, 그리드는 그에게 처음으로 패배를 안긴 플레이어였으니까.

'그때부터.'

크라우젤의 시선과 의식은 늘 그리드를 좇아왔다.

그리드가 한 단계 더 발전하는 모습을 볼 때마다 크라우젤은 더 큰 의욕을 품었고, 이를 토대로 더 빠른 성장을 이룩해 왔다.

크라우젤은 깨닫고 있었다.

만약 그리드라는 존재가 없었다면.

자신은 도태되지 않았을지언정 허무라는 이름의 저주에 빠져 공허해졌을 거라고.

'그때부터 쭉 즐겁다.'

슬그머니 눈을 뜨는 크라우젤의 입가에는 미소가 머물러 있었다.

그가 자리에서 일어나는 순간.

"크라우젤 선수, 경기 시작 15분 전입니다. 무대로 이동해 주십시오."

대기실 바깥에서 진행요원의 말소리가 들려왔다.

곧바로 부름에 응하는 그에게 라우엘이 말했다.

"무운을 빕니다."

라우엘이 크라우젤의 승리를 바랄 리 만무하다. 라우엘은 당연히 그리드가 승리하기를 바랐다. 자신이 섬기는 자가 지존으로 우뚝 서기를 간절히 기도했다.

하지만 크라우젤은 20억 유저의 정점이었고, 수십억 인구의 우상이었다.

정작 그가 추락하는 모습을 보게 된다면 그건 또 그것대로 기분이 복잡할 것 같았다.

씁쓸한 표정을 짓는 라우엘의 심정을 읽은 크라우젤이 특유의 무표정한 얼굴로 답했다.

"상대는 그리드입니다. 그에게 패배한다고 해서 나라는 존재가 부정당할 일은 없겠죠."

그리드에게 하늘을 무너뜨릴 자격이 있다는 사실, 이제 세상 모두가 알고 있다.

이때 크라우젤이 패배한다고 해서 크라우젤에게 실망하거나 비난을 보내는 사람은 당연히 없을 것이었다.

"물론 그렇다고 해서 질 생각은 없지만."

이긴다.

이번에도 기필코 이긴다.

열망하는 크라우젤.

그는 자신이 언제까지고 그리드의 목표이길 바랐다. 앞으로도 계속 그리드가 자신을 의식하길 원했다. 일방적인 사랑처럼 슬픈 건 없었으니까.

"호랑이 울음."

퍼어어어엉-!

제2회 국가 대항전 PvP 결승전 영상이 스크린에 재생되고 있다.

백발의 그리드가 소환한 실드를 꿰뚫는 크라우젤의 발경과 동시에 크라우젤을 불태우는 불꽃.

불과 0.1초 차이로 승자가 정해졌던 역대 최고의 명경기가 관중들과 시청자들의 심금을 울렸다.

"아아……."

"저 장면은 몇 번을 다시 봐도 멋져."

한 해 동안 무려 50억 재생 횟수를 기록한 영상이다.

80억 인구 중에서 그리드와 크라우젤의 대결 영상을 보지 못한 사람은 갓난아기밖에 없을 것이다. 또한 영상을 단 한 번만 재생한 사람도 없을 것이다.

성장하고 있는 아이들, 의욕적인 마음가짐으로 미래를 계획하고 있는 청년들, 삶에 지쳐 가고 있는 중년들, 황혼의 노년들.

그들 모두가 그리드와 크라우젤의 대결 영상을 반복해 보면서 새로운 꿈과 의욕을 품어 왔다.

자신들 또한 언젠가는 저들과 한 무대에 서기를 희망하며 충실한 삶을 살아왔다.

우상이 된 플레이어들.

그리드와 크라우젤이 무대 위에 입장한다.

『무려 1년 3개월 만에 성사되는 대결의 주인공! 미국의 크라우젤 선수와 한국의 그리드 선수가 무대 위로 입장하고 있습니다!』

『이야! 환호가 엄청나군요! 게임 해설 15년 차에 이런 광경은 처음 봅니다. 이러다가 도쿄 돔 무너지는 거 아닙니까?』

『하하하, 이 순간만큼은 국적과 인종, 그리고 성별과 종교의 차이 없이 모두가 한마음, 한뜻이 된 것 같군요. 두 선수의 인기가 얼마나 대단한지 실감 납니다.』

『이번 경기의 결과로 종합 순위 1위국이 결정된다는 점에 대해서는 아무도 신경 쓰지 않는 것 같군요. 관중들 모두 그저 두 사람에게만 열중하고 있네요.』

"그리드! 당신은 최초의 전설이잖아! 최초의 왕이잖아! 당신이야말로 최고라는 걸 이제 그만 입증해 줘!"

"크라우젤! 무너지지 마라! 당신이 지난 몇 년 동안 어째서 정상에 군림해 올 수 있던 건지 그리드에게 똑똑히 새겨 줘!"

"그리드으!"

"크라우젤!"

"우와아아아아아아!"

고막을 찢을 듯한 함성 소리가 도쿄 전역으로 퍼져 나간다. 현장의 열기가 시청자들에게도 고스란히 전달될 지경이었다.

하지만 정작 그리드와 크라우젤은 고요한 세상 속에 있었다.

마주 보고 선 두 사람은 오로지 서로에게만 집중하고 있었다. 다른 이들의 외침은 그들의 귀에 닿지 않았다.

"남자의 승부는 삼세판이라고 했지?"

"그래."

"이번에 이기는 사람이 진짜 승자인 거지?"

"맞다."

"승패가 어떻게 나도 우리는 계속 친구지?"

"당연하다."

"그럼 사양 않고 이겨 주마."

"나 또한 최선을 다하지."

가볍게 인사를 나눈 두 사람이 각자의 캡슐 앞에 섰다.

허겁지겁 달려온 진행자가 크라우젤에게 마이크를 건넸다.

"경기에 앞서서 현재 심정을 알려 주실 수 없겠습니까?"

"……."

크라우젤이 마이크를 건네받음과 동시였다.

그토록 열기가 뜨겁던 도쿄 돔에 적막이 깃들었다.

동경에 찬 시선으로 자신을 바라보는 수만 관중들.

자신의 대답을 기대하는 그들의 면면을 천천히 살펴본 크라우젤이 입을 열었다.

"두렵습니다."

"…예?"

독보 지존으로 군림해 왔던 천하의 천외천이 두렵다고?

귀를 의심하는 진행자와 관중들에게.

"그래서 더욱더 기대됩니다."

말을 잇는 크라우젤은 미소를 짓고 있었다. 늘 무표정하던 그가 이토록 화사한 미소를 그리다니?

"아아……."

난생처음 보는 크라우젤의 모습에 사람들이 깨달았다.

지금 이 순간을 누구보다도 기다려 왔던 사람, 다름 아닌 크라우젤이라는 사실을 말이다.

"꺄아아아악! 크라우젤!"

"그래, 즐겨! 즐겨라, 크라우젤!"

"크라우젤! 크라우젤! 크라우젤!"

"우와아아아아!"

헌팅의 분위기가 최고조에 달한다.

같은 시각, Satisfy.

"슬슬 움직일까요."

베라딘이 직접 이끄는 임모탈의 정예가 템빨국 수도 라인하르트에 입장했다.

플레이어들의 출입을 자유롭게 허가하는 것을 넘어서 환영하는 템빨국의 특성상 잠입은 쉬운 일이었다.

"곧바로 대장간으로 이동하세요."

"예!"

국가 대항전 내내 압도적인 활약을 펼친 것은 물론이고 대장장이 랭킹 1위 판미르의 섭외까지 성공한 그리드이다.

그를 적대하는 입장에 놓인 임모탈은 위기의식을 느낄 수밖에 없었다. 템빨국이 이대로 승승장구하는 것을 잠자코 간과하기 어려웠다.

하여.

"표적은 대장장이 칸. 찾아내는 즉시 죽이면 됩니다."

임모탈은 먼저 행동을 개시했다.

PvP 결승전이 시작된 지금, 템빨단원 대부분이 로그아웃한 상태였고 라인하르트는 텅텅 비어 있는 빈집이나 다름이 없었다.

"별이 참 밝구나."

나의 망치질 한 번이 그리드 전하께 큰 힘이 된다.

이와 같은 마음가짐으로 오늘도 열심히 대장일을 하였던 칸.

주름 가득한 얼굴을 들어 밤하늘을 올려다보는 그의 눈동자에 그리움이 깃든다.

오늘따라 더욱더 그리드가 보고 싶은 그였다.

## 제7장

## 드래곤

# 템빨

미국 선수 대기실.

라우엘과 나란히 앉은 판미르가 쉴 새 없이 떠들고 있었다. 마치 생일 케이크를 눈앞에 둔 어린아이처럼 들뜬 모습이다.

이제 곧 국가 대항전이 끝나면 템빨단의 일원으로서 새 삶을 살아갈 거라는 기대감에 흥분한 것이었다.

"템빨국에도 대장장이 장인이 있다며?"

"네, 총 다섯 분이 계십니다."

동대륙에서 건너온 판게아의 대장장이들과 칸.

그들 모두 그리드에게 가르침을 받고 깨달음을 얻어 장인이 된 지 오래다. 특히 칸의 장인 레벨이 높았다. 라우엘이 감히 자부하건대 대륙 전체에서도 열 손가락 안에 드는 수준이었다.

"대장장이 칸이라……? 나는 그의 이름을 들어 본 적이 있네. 20년 전까지만 해도 에트날 최고의 대장장이라고 칭송받다가 아들을 잃은 후로 은퇴했다고 들었던 기억이 있는데……."

"그분 맞습니다."

"허허, 사실은 은퇴한 것이 아니라 그리드 전하를 따르고 있던 건가. 덕택에 장인의 반열에 오르다니, 칸에게 있어서 전하는 구원자나 다름이 없겠군."

그리드는 이미 오래전부터 인재를 선별하여 육성해 온 것인가. 참으로 놀라운 자다.

새로운 사실을 알고 감탄하는 판미르에게 라우엘이 의미심장한 말을 던졌다.

"구원자라……. 도리어 칸 님께서 그리드 전하의 구원자가 아니었을까요."

"음?"

"하하, 아닙니다."

칸의 대장 기술이 아무리 뛰어나다고 해 봤자 일반적인 관점에서 보면 고작 NPC다.

NPC인 그가 그리드의 첫 번째 친구이자 동료였고, 스승이자 제자였으며, 또한 가족이었다는 사실.

백날 말해 봐야 그 누가 이해하겠는가?

모니터 속 그리드.

한 치의 흔들림 없는 눈빛으로 세상의 중심에 우뚝 선 그를 바라보는 라우엘의 얼굴에 상냥한 미소가 깃들었다.

† † †

"……."

"……."

밤의 어둠에 잠긴 고성.

매해 PvP의 무대가 되고 있는 이 〈사자의 성〉은 규모가 무척 컸다. 7층짜리 첨탑이 4개나 있었고, 끝없이 길게 펼쳐진 복도를 좇아 시선을 돌려 보면 방이 족히 수백 개였다.

하지만 결국 폐허다.

과거에는 찬란한 문명과 아름다움을 자랑하는 거성이었을지 몰라도, 이제는 그 누구의 발길도 닿지 않는 쓸쓸한 바람에 스러져 가는 유적에 불과했다.

치직. 치지직.

지붕을 지탱하고 있는 수백 개의 기둥.

당장 쓰러지는 것이 아닐까 의문이 생길 정도로 위태로운 모양새로 있던 그것들 중 하나가 밤바람을 맞고 균열을 키운다.

툭. 투두둑.

지면 위로 떨어지는 돌가루가 신호가 되었다.

극도로 집중한 채, 이끼가 낀 분수대를 중심에 두고 마주하고 서 있던 그리드와 크라우젤이 동시에 움직였다.

채애애앵-!

어둠에 잠식된 일검.

흔적도 없이 쏘아진 크라우젤의 〈+9진(眞) 백아도〉가 그리드의 어깻죽지를 스쳐 지나갔고.

[완전한 회피에 실패하였습니다. 1,290의 피해를 입었습니다.]

[〈삼겹갑〉의 내구력이 1 하락합니다.]

콰자자작!

어둠을 가르는 검광.

맹수의 발톱처럼 위협적인 반월을 그린 〈깨달음을 주는 불타는 열망의 무아지경의 뇌전 검〉은 낡은 분수대를 산산이 부숴 버렸다.

"칫!"

〈알렉스의 신속 장갑〉을 무장하고 날린 공격조차도 손쉽게 피해 버리다니?

패시브화된 〈초감각〉과 타고난 혜안을 십분 활용하는 크라우젤의 움직임에 경탄하며 이를 간 그리드가 검을 회수함과 동시에 회전했다.

그러자,

쩌어어어어엉-!

때마침 그리드의 등 뒤로 나타난 크라우젤의 백아도와 열망의 부아섬이 허공에서 맞물렸다.

[강력한 일격을 막아 내었습니다!]

[양손이 일시적으로 마비됩니다.]

[저항하였습니다.]

[+9진(眞) 백아도의 내구력이 2 하락합니다.]

"큭……!"

신검을 무장한 그리드의 공격력은 크라우젤의 상정 범위를 초월하고 있었다.

단지 검과 검이 충돌했을 뿐이건만, 그 일검에 실린 무게가 워낙 대단하여 크라우젤은 신음을 토하고 말았다.

"어때?"

〈도살귀의 안대〉와 높은 통찰력 덕분에 크라우젤의 등장 지점을 비교적 빨리 파악하고 반응할 수 있었던 그리드가 질문한다.

"강해졌지?"

"최고다."

"핫……!"

크라우젤의 긍정이 그리드를 한껏 달아오르게 만들었다. 더욱더 격하게 뛰기 시작하는 심장 박동을 느낀 그리드가 앞으로 나아갔다.

열망의 무아검에 짓눌려 있는 백아도와 크라우젤을 통째로 밀어 버리면서 보법을 전개하고자 시도하는 것이었다.

순간.

"파쇄 검."

크라우젤이 소드 브레이커 계열의 검성 고유 스킬을 전개했다.

휘리릭!

백아도에 맞물려 있던 열망의 무아검이 백아도의 회전을 쫓아 함께 회전하였고, 자연히 그리드의 손목도 함께 돌아갔다.

콰자자작!

소름 돋는 기성이 울려 퍼진다.

그리드의 등골이 오싹해졌다.

[손목이 꺾여 나갔습니다.]

[상태 이상 골절에 걸립니다.]

[앞으로 20초 동안 공격 속도가 50퍼센트 하락하고 주는 피해량이 30퍼센트 하락합니다.]

[〈깨달음을 주는 불타는 열망의 무아지경의 뇌전 검〉의 현재 내구력이 12퍼센트 하락하였습니다.]

'미친!'

저항 불가의 물리적 상태 이상을 유발함과 동시에 무기의 내구력을 대폭 하락시키다니?

그리드는 상기한다.

지금의 크라우젤, 검의 묘리를 통달한 자만이 오를 수 있는 검성의 경지를 이룩한 상태임을.

Satisfy 세계관을 통틀어도 몇 없던 최강자가 바로 지금의 크라우젤임을!

서걱!

파파파팟!

[4,700의 피해를 입었습니다.]

[3,950의 피해를 입었습니다.]

[4,230의 피해를…….]

[4,110의 피해를…….]

공격을 한 번 허용함과 동시.

도살귀의 안대와 통찰력으로도 간파할 수 없는, 사각으로부터의 검격이 세 차례 연계되며 그리드의 몸을 난도질한다.

'도검류 무기를 무장한 경우' 최소 데미지 보정을 받고 방어력 비례 데미지, 그리고 모든 종족에게 추가 데미지를 입히는 검성 고유의 능력이 삼겹갑의 방어력을 무의미하게 만들었다.

"갓 핸드!"

흐름이 좋지 않다.

상황을 초기화시켜야 한다고 판단한 그리드가 소리치자 그의 등 뒤로 4개의 황금 손이 솟구쳐 올랐다.

때마침 걷히는 먹구름 아래로 완연한 달빛이 드리우자 찬란한 황금빛이 일대를 물들였다.

하지만 금세 걷혀 버렸다.

크라우젤이 개방한 인벤토리로부터 4자루의 검이 쏘아지더니 갓 핸드를 모조리 날려 버린 까닭이었다.

〈이기어검〉이다.

검성은 최소 1자루에서 최대 10자루의 검을 원격 제어할 수 있었다.

평범한 사람이라면 본인의 육신과 검을 동시에 제어할 수 없겠지만.

스르륵.

천외천 크라우젤은 가능했다.

검을 제어함과 동시에 〈백광보〉를 전개, 달빛 아래 은신한 그는 이미 그리드의 측면에 도달해 있었다.

"익……!"

크라우젤의 접근을 뒤늦게 깨달은 그리드가 황급히 검을 휘둘러 보지만.

스파앗-!

상태 이상 골절에 발목을 잡혔다.

'도검류 무기를 무장한 경우' 최고 공속 도달의 효과를 언는 크라우젤의 검이 그리드의 검보다 훨씬 더 빨랐다.

[4,900의 피해를 입었습니다.]

"쿨럭……!"

옆구리를 크게 베인 그리드가 피를 토했고, 공격과 동시에 전진하여 이동한 크라우젤은 그리드의 후위를 장악하였다.

완전한 빈틈을 드러내고 있는 그리드의 바로 등 뒤에서.

철컥!

착검한 크라우젤이 허리를 숙이며 발도의 자세를 취한다.

세상을 가르는 검, 〈우주 검〉의 전조였다.

서걱-!

백아도가 검광을 토해 냄과 동시에 대지가, 어둠이, 달이.

쩌적!

쩌저저저적!

동시에 반으로 쪼개진다.

하지만 정작 표적이었던 그리드는 피해 버렸다.

모든 논타깃 스킬을 회피하는 〈종횡무진〉을 사용한 덕분이다.

검성의 궁극기조차도 세상을 구원해 온 〈은밀한 영웅〉은 해치기 어려웠다.

콰작-!

상승 후 하강.

간단한 동작으로 우주 검의 범위로부터 아슬아슬하게 벗

어났던 그리드의 반격이 크라우젤의 몸을 베어 버린다.

[9,490의 피해를 입었습니다.]

"……!"

'도검류 무기에 받는 데미지의 최대치를 40퍼센트 감소시킨다.'는 패시브가 제대로 적용된 것이 맞는가?

의문이 생길 지경으로 강력한 피해를 입은 크라우젤의 눈가가 파르르 경련했다.

더 큰 문제는, 그리드의 공격은 1차적 피해로 끝나는 게 아니라는 점이었다. 확률적으로 최대 3차 피해까지 가능하다.

쿠와아아아아아아앙!

공격력의 300퍼센트 피해를 입히는 칠흑의 불꽃이 크라우젤을 집어삼키자.

『아앗……!』

각국 방송사 해설진이 침음을 토했다.

PvP 우승 후보 중 하나로 거론되었던 타르마를 일격에 소멸시켜 버린 최강의 즉발 스킬이 발현되었으니, 크라우젤의 치명상을 예견한 것이다.

『크, 크라우젤 선수! 설마 이대로 로그아웃당하는 겁니까!』

전설 클래스 전직자에게는 불사 패시브가 있다.

세상 사람들은 여러 정황을 토대로 이제 그 사실을 확실하게 인지하고 있었다.

물론 해설진도 마찬가지였다.

크라우젤이 이번 일격에 죽었을 리 없다는 사실, 해설진도 당연히 잘 알고 있었다.

하지만 그들은 보다 극적인 해설을 위해서 자극적으로 떠들었고, 분위기에 휩쓸린 관중들과 시청자들은 극도로 긴장했다.

특히 크라우젤을 응원하던 사람들은 아찔한 심정으로 검은 불꽃의 잔재를 주시하고 있었다.

그들은 수년 동안 동경해 왔던 하늘 위의 하늘이 이토록 허무하게 무너지는 것을 원치 않았다.

그때.

촤르르르륵!

은빛의 보호막이 검은 불꽃을 거두었다. 그러자 사자의 성 일대를 휩쓸고 있던 검은 불꽃이 흔적도 없이 사라져 버렸다.

검기를 자원으로 사용하는 검성의 방어 스킬, 〈검막〉의 효과였다. 검을 수십 차례 휘두름으로써 보호막 기능을 만드는 검막은 마법 피해와 물리 피해를 노소리 사딘하는 기능을 지녔다.

"…헐."

멀쩡하게 살아 있는 크라우젤을 목도한 그리드가 삐질, 식은땀을 흘렸다.

여태까지 자신을 상대해 왔던 무수한 경쟁자들.

어쩌면 그들 모두 나를 상대할 때마다 이런 생각을 품지 않았을까?

"사기 아니냐?"

생각을 고스란히 입 밖에 꺼내는 그리드였다.

최강의 레전드리 클래스, 검성.

템빨왕 그리드를 상대함으로써 완연한 위엄을 드러내고 있었다.

또한.

[시대의 강자를 발견하였습니다!]

[영웅왕의 투지가 끓어오르기 시작합니다!]

그리드도 완전해진다.

크라우젤의 레벨이 낮은 탓에 10으로 유지되고 있던 그리드의 투기가 천천히 상승하기 시작했다.

검성의 직업 효과가 만들어 낸 숨겨진 효과였다.

고오오오오······.

실체하는 것인지, 아닌지.

그리드의 몸 주위로 마치 아지랑이처럼 은은하게 피어오르던 투기가 점차 실체화되자 사람들이 탄성을 토했다.

"저게 뭐지······?"

"와, 엄청 멋지다."

관중들과 시청자들이 하나둘씩 눈치채기 시작한다.

그리드가 몸에 두르고 있는 적색과 자색의 기운을.

존재 자체가 전설이었던 무패왕의 막강한 힘.

그의 의지를 계승한 그리드를 통해서 세상에 모습을 드러내려 하고 있었다.

두근!

크라우젤의 본능이 외친다.

올해의 대결, 작년보다 훨씬 더 힘들 것이라고.

'이제부터가 진짠가.'

고오오오오오-

그리드가 몸에 두른 적색과 자색의 기운.

크라우젤은 그것의 정체가 무엇인지 알고 있었다.

다름 아닌 검성 뮐러가 전대 영웅왕이었으니까.

'투기……'

그리드가 파그마에 대해서 알아 가고 있듯이, 검성으로 전직한 크라우젤 또한 뮐러에 대해서 알아 가는 중이다.

그는 보통 사람들은 모르는 뮐러의 에피소드를 다양하게 꿰고 있었다. 그런 그가 투기에 대해서 모를 리가 없다.

'영웅 중의 영웅에게 내려지는 힘.'

뮐러는 투기와 검기의 조합을 얻음으로써 완전해졌다고 전해진다.

그리드가 영웅왕의 칭호를 얻은 시점부터, 크라우젤은 뮐러를 재현할 수 없게 된 셈이다.

만약 크라우젤이 뮐러의 그림자를 쫓는 입장이었다면 절망하고도 남았을 상황이다.

하지만 크라우젤은 독자적인 길을 개척하고 있었다. 뮐러의 뒤를 쫓지 않았기에 영웅왕의 칭호에 집착할 이유도 없었다. 하여, 그리드가 영웅왕으로 등극하였을 때 순수하게 축하해 줄 수 있던 것이다.

철컥!

작년과는 비교가 되지 않을 만큼 힘든 싸움이 되리라.

투기를 두른 그리드를 마주하며 검을 고쳐 쥐는 크라우젤의 표정은 언제나와 같이 차분했다. 하지만 그건 어디까지나 표면적인 모습일 뿐이다. 백아도를 거머쥔 그의 손에는 식은땀이 흥건했다.

대악마 드라시온을 홀로 마주했을 때와 비견되는 긴장감이 그를 억압하고 있었다. 그리드의 존재감이 약화된 대악마와 비등하거나 그 이상이라는 뜻이다.

"이제부터는 다를 거다!"

한껏 들뜬 그리드가 덤벼들었다. 상승하는 투기 덕분에

그는 보다 빠르고 강해진 상태였다.

쩌어어어엉-!

"큭……!"

최고속을 향해 가는 그리드의 쾌검!

방어하는 크라우젤의 이가 악물린다. 그리드의 공격에 실린 무게는 마치 태산 같았다. 크라우젤의 육체를, 정신을 극한으로 내몰았다.

쩌엉-!

쩌정! 쩌저저정!

크라우젤과 검을 맞부딪칠 때마다 그리드의 투기가 상승했고, 이에 따라서 연격의 속도 또한 빨라졌다.

호선과 직선을 쉴 새 없이 그리는 흑적색 검광이 크라우젤을 전방위로부터 압박하였고, 크라우젤은 이를 막아 낼 때마다 한 걸음씩 뒤로 물러서게 되었다.

급기야.

턱!

크라우젤의 등이 낡은 기둥에 막혔다. 그리드는 전진하는 과정에서 이미 보법을 밟은 상태였다.

"극(極)!"

파그마의 기본 검무 중 빛 안 보는 확장 스킬.

대상의 방어력을 일정량 무시하기까지 하는 강력한 종 베기가 벼락처럼 떨어져 내린다.

찰나, 크라우젤의 뇌리로 의문이 스쳐 지나갔다.

극(極)은, 과거에 이미 두 번이나 자신에게 반격당했던 기술이 아닌가? 극(極)을 사용할 때마다 〈하늘 찢기〉에 반격당하고 큰 피해를 입었던 그리드가 그 사실을 망각했을 리 만무하다.

'따로 유도하는 바가 있는 건가?'

크라우젤의 직감이 〈하늘 찢기〉의 사용을 거부한다.

어느새 미간까지 떨어져 내리는 그리드의 검을, 크라우젤은 〈검막〉을 펼쳐서 방어하였다.

그러자,

'칫!'

회(回)의 전개를 미리 준비하고 있던 그리드가 마음속으로 혀를 찼다.

그렇다.

그리드는 극(極)이 하늘 찢기에 반격당하는 순간을 역으로 노려서 회(回)를 전개, 크라우젤에게 치명적인 카운터를 먹일 계획이었던 것이다. 하지만 수포로 돌아갔다.

쩌엉-!

쩌저적!

쿠와아아아아아앙!

은빛의 검막과 극(極)의 충돌이 강력한 충격파를 발생시켰다. 크라우젤이 등지고 서 있던 기둥은 물론이고 3미터

간격으로 떨어져 있는 좌우의 기둥들조차 충격파에 휩쓸려 쓰러졌다.

고성의 일각이 무너져 내리는 순간이었다.

쿠르르르르르르릉-!

무너지는 지붕과 이로 인해 발생하는 자욱한 흙먼지가 그리드와 크라우젤의 모습을 숨긴다.

자취를 감춘 둘의 모습을 찾아내고자 해설진과 관중들의 시선이 사방팔방으로 돌아가는 그때.

쿠웅-!

연기 속에서부터 튀어나온 그리드가 멀찍이 날아가 나뒹굴었다.

벌떡!

곧바로 몸을 일으킨 그가 다급히 마법을 전개했다.

"마력 탐지!"

[〈마력 탐지(강화)〉 Lv.3을 전개합니다.]

스파아아앗-!

그리드의 몸으로부터 방출된 마나가 그의 주위를 스캔하자.

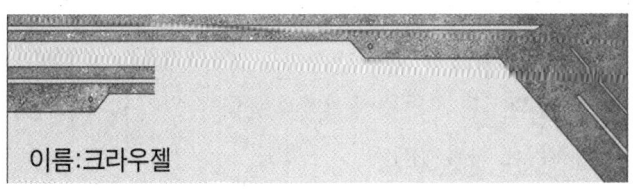

이름:크라우젤

```
레벨:???
직업:???
능력치:???
종족:인간
상태:플레이어
```

 동대륙에서 3레벨을 달성한 이후부터 대상의 정보를 극히 일부 표기하는 〈마력 탐지(강화)〉가 크라우젤의 위치를 그리드에게 알려 주었다.
 바로 코앞이었다.
 채애애앵-!
 그리드가 다급히 휘두른 검이 아무것도 없는 허공에서 막혀 멈췄고.
 스르륵-
 높은 첨탑 위에 떠 있는 보름달을 먹구름이 잠식했다. 그리고 〈백광보〉의 묘리로 달빛에 몸을 가렸던 크라우젤이 모습을 드러냈다.
 이를 악문 채 그리드의 검을 막아 내고 있는 그의 호흡이 가쁘다.
 일련의 과정을 지켜본 해설진과 관중들, 그리고 시청자들이 위화감에 휩싸였다.

『크라우젤 선수의 상태가 이상하군요……?』
『그러게 말입니다?』

크라우젤은 그리드와 다르다.

육체 능력이나 스킬, 그리고 아이템의 위력을 위시하여 상대를 제압하기보다 순수한 컨트롤 솜씨로 대상을 무력화시켜 왔다.

한데, 그리드와 싸우는 동안은 그 고유의 컨트롤 솜씨가 부각되지 않고 있었다. 전투 내내 스킬에만 의존하는 모습이 마치 그리드와 닮아 있었다.

사람들이 추측하기 시작한다.

"크라우젤의 컨트롤 솜씨가 예전만 못해진 건가?"

"아니면 그리드의 컨트롤 솜씨가 크라우젤과 비등해졌다거나……?"

"아무튼 예전과는 상황이 다르군."

사람들이 크라우젤을 선망해 온 이유는 그의 솜씨를 닮고 싶어서였다.

나 또한 저만큼 움직일 수 있다면.

저 상황에 저런 판단을 내릴 수 있었다면.

어떤 짐이라도 크라우젤의 반만 따라가면 랭커가 될 수 있지 않을까?

사람들은 늘 이렇게 생각해 왔다.

하지만 지금 이 순간의 크라우젤을 볼 때는 그런 생각을 품지 못했다.

그리드와 대결 중인 크라우젤은 평소보다 많이 부족해 보였다.

'검성으로 전직한 여파가 아닐까?'

레전드리 클래스.

그중에서도 최강이라는 검성의 스킬은 하나같이 그 위력이 뛰어날 것이 분명했다. 단편적인 예가 바로 '세상을 가르는' 우주 검이다.

어쩌면 크라우젤은 그 스킬들의 위력에 도취되어 본인의 강점을 망각한 상태가 아닐까? 저도 모르게 스킬에만 의존하다 보니 컨트롤 실력이 저하된 게 아닐까?

이와 같이 생각하는 사람들, 상상조차 못하고 있다.

지금의 크라우젤, 경기 초반에 사용한 〈이기어검〉으로 방출한 4자루의 검을 실시간으로 조작 중이라는 사실을 말이다.

작년과 비교해서 갓 핸드의 사용에 능숙해진 그리드의 강점을 차단하고자 크라우젤은 4자루의 검에 신경을 분산할 수밖에 없었고, 그렇기 때문에 그리드를 상대함에 있어서 섬세함이 부족했다.

하지만 이기어검의 원리를 모르는 사람들의 입장에서는 크라우젤의 속사정을 알아줄 리 만무했다.

반면.

'힘들지?'

그리드는 크라우젤이 어떤 상황에 놓여 있는지 어렴풋이 짐작하고 있었다.

당연하다.

파그마의 후예의 전용 아이템인 갓 핸드마저도 퀄리티 높은 동작을 수행하게 만들기 위해서는 섬세한 명령 체계가 필요한바.

크라우젤의 이기어검은 그보다 더하면 더했지 못하지는 않을 거라는 게 그리드의 추측이었고, 그 생각은 정확했다.

이기어검을 전개 중인 크라우젤은 정신력의 소모가 평소보다 배 이상 빨랐다.

'갓 핸드! 계속해서 크라우젤을 공격해라! 쉬지 말고 몰아붙여!'

그리드가 갓 핸드의 장점을 극대화시켰다. 대략적인 명령만 내려도 스스로 행동하는 '자아를 가진 아이템'의 이점을 최대한 살린 것이다.

크라우젤은 아직 획득하지 못한, 레전드리 클래스 전용 아이템의 위엄이 십분 발휘된다.

펒-!

퍼퍼퍼펑!

표적을 오로지 크라우젤로 정한 갓 핸드들이 매직 미사일을 난사하기 시작했다. 접근해서 묠니르를 휘두르기에는 4자루 검의 방해를 받았으니, 차라리 묠니르를 버리고 원거리에서 그리드를 지원하는 것이었다.

슈슉! 슉!

지그재그로 이동하며 매직 미사일을 회피, 이때 발생하는 허점을 노리고 옆구리를 베어 오는 그리드의 공격을 〈초감각〉에 의존하여 방어한 크라우젤이 반격하려다가 멈췄다.

후방으로부터 새로운 그리드가 나타난 까닭이다.

도플갱어 〈랜디〉였다.

벌써 3회째인 크라우젤과의 대결 중에 그리드가 최초로 펫을 소환한 것이다.

〈배틀 필드〉의 영향이다.

이제 그리드는 인지하고 있었다. 펫 또한 자신의 실력임을. 정정당당한 승부를 하겠답시고 펫의 사용을 자제하는 행위, 쓸데없는 오기임을 깨달았다.

"살(殺)!"

등장과 동시에 보법을 전개, 과연 네임드급 펫답게 주인의 스킬을 고스란히 재현하는 랜디였으나.

"하늘 찢기."

콰작!

콰자작-!

등장과 동시에 크라우젤의 반격기에 당하고 잿빛으로 산

화하고 만다.

그리드가 긴 세월 동안 의지해 왔던 쌍두마차 중 하나가 허무하게 소멸해 버린 것이다.

하지만 그리드는 조금도 동요하지 않았다.

"미안……!"

등장하자마자 잿빛으로 산화하며 사죄하는 랜디에게.

"충분히 잘했다!"

격려를 보내는 그리드.

"극살(極殺)!"

융합 스킬의 보법을 드디어 완성한다.

전투 내내 크라우젤에게 차단당해서 완성시키지 못했던 보법이다. 랜디가 크라우젤의 시선을 끌어 주지 못했다면 영영 완성시키지 못할 수도 있었다.

쿠오오오오오오!

궁극의 살의가 담긴 극한의 베기.

이것은 곧 찌르기로 연계된다.

번헨 열도에서, 그리드가 자신의 분신을 상대하는 과정에서 연마하였던 이 스킬은 대상에게 필중하며 방어력을 무시한다. 파그마의 검무 중에서 두 번째로 강력한 위력을 발휘하는 궁극기였다.

크라우젤이 자랑하는 반격기, 〈하늘 찢기〉로도 감당할 수 없는 위력이 내포된 스킬이다.

작년, 지근거리에서 '즉시 발동'하는 〈자진모리〉를 전개함으로써 이 공격을 차단하였던 크라우젤이지만.

'늦었다……!'

올해의 크라우젤은 랜디라는 미끼에 당해 버렸다. 랜디를 처리하는 과정에서 뒤를 돌아봤던 크라우젤, 극살(極殺)에 대한 반응이 늦고 말았다.

서걱-!

직선으로 떨어진 흑적색의 검광이 크라우젤을 양단한 후.

푸욱-!

이어서 찌른다.

필중임에도 불구하고 강력한 위력을 발휘하는 최강의 스킬.

근육에 큰 부담을 주기 때문에 사용자의 생명력 4,500을 손실하게끔 만드는 위험성을 내포하고 있었지만.

[대상에게 69,300의 피해를 입혔습니다!]

천하의 크라우젤에게 치명상을 안기는데 고작 4,500의 생명력이 문제겠는가?

그리드가 회심의 미소를 짓는 그때.

덥석!

품에서 금색 복숭아를 꺼낸 크라우젤이 그것을 한 입 베어 먹었다. 크라우젤이 판게아의 〈작은 영웅〉으로 활약한 대가로 얻었던 궁극의 생명력 회복 아이템이다. 이 황금 복숭아는 복용자의 생명력을 최대치까지 회복시켜 버린다.

대상을 일격, 이격에 해치워 버리는 까닭에 '볼거리를 제공한다'는 PvP의 취지를 무색하게 만들어 버린 그리드.

그를 저격한 S.A그룹이 올해부터 새롭게 적용시킨 PvP 룰, '물약 복용 가능'을 적극적으로 활용하는 크라우젤이었다.

"뭐……!"

크라우젤의 생명력 게이지가 최대치로 회복돼 버리자 당황하는 그리드.

그를 〈자진모리〉로 날려 버린 크라우젤이 검성의 고유 궁극기 중 하나인 〈단죄 검〉을 전개하였다. 광역기인 우주 검과 달리 단일 대상을 노리는 이 스킬의 위력은 우주 검을 가뿐히 초월한다. 본격적인 역습의 서막이었다.

초반부터 우주 검을 사용함으로써 그리드의 〈종횡무진〉을 의도적으로 소모시켰던 크라우젤.

그는 충분한 승산을 엿볼 수 있는 입장이었다.

설령 1퍼센트의 승산이라고 할지언정 크라우젤은 희망을 품었다. 본인이 앞으로 1년 동안, 정말 단 1년 동안만이라도 더 그리드의 목표가 될 수 있기를 바라며, 간절한 마음으로 단죄 검을 휘둘렀다.

하지만 천재는 단명한다는 말이 있듯이, 하늘은 천재를 사랑하지 않는다.

빛나는 재능을 내려 준 대가로 치명적인 저주를 안긴다.

[〈진(眞) 백아도〉가 공명합니다!]

[§저주§ 〈번헬리어의 시선〉이 발동합니다!]

[후퇴하십시오!]

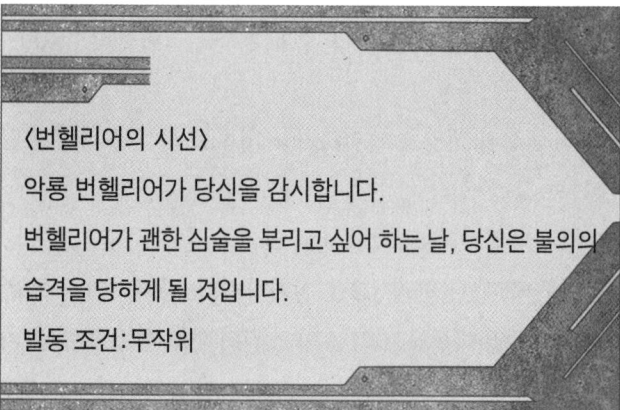

〈번헬리어의 시선〉
악룡 번헬리어가 당신을 감시합니다.
번헬리어가 괜한 심술을 부리고 싶어 하는 날, 당신은 불의의 습격을 당하게 될 것입니다.
발동 조건:무작위

〈진(眞) 백아도〉에 귀속된 저주 옵션.

여태까지 단 한 번도 발동한 적 없던 그것이 하필이면 지금, 크라우젤이 지난 1년 3개월 동안 꿈꿔 왔던 승부에서 발동하고 만다.

크롸롸롸롸라라!

지축을 뒤흔드는 포효와 함께 보름달을, 아니 하늘 그 자체를 지워 버리는 거대한 그림자가 등장하자.

"피해라!"

단죄 검의 전개를 멈춘 크라우젤이 그리드에게 다급히 소리쳤다.

극악의 확률로 발동한 최악의 상황.

이에 대해서 원망할 겨를도 없이, 크라우젤은 그저 민폐를 끼치고 싶지 않다는 일념뿐이었다.

그리드가 자신이 아닌 변덕쟁이 용에게, 전 세계인이 지켜보는 이때 무참히 짓밟히는 결과를 그는 간과할 수 없었다. 작금의 상황에 대한 책임, 그저 자신이 짊어질 뿐이다.

"종횡무진!"

자신보다 레벨이 높은 네임드 보스를 '혼자서' 3마리 사냥할 경우 획득하는 칭호, 은밀한 영웅.

그리드의 전유물일 수는 없다.

그리드보다 한발 늦기는 했지만 크라우젤 또한 올해 이 칭호를 획득했고, 이로 인해서 종횡무진을 사용할 수 있게 됐다.

스파앗-!

회색 비늘로 뒤덮인 악룡 번헬리어가 쏘아 낸 브레스를 회피하고 상승, 놈의 거대한 대가리 앞에 도달한 크라우젤.

나부끼는 흑발 아래 번뜩이는 눈동자로 드래곤을 마주하고 선 그를 세상 사람들은 그저 넋 나간 채 지켜봤다.

작금의 상황을 이해할 수 있는 사람, 이 세상에 단 2명밖에 없었다.

진 백아도의 옵션을 알고 있는 자들. 그중 하나가 바로 그리드다.

"저 썩을 도마뱀이······!"

하필이면 이 타이밍에 나타나 우리의 승부를 방해하다니?

쫘드득! 이를 가는 그리드의 몸으로부터 피어오르는 투기, 완연한 자색을 띠고 있다.

그의 시선이 오로지 번헬리어만을 쫓는다. 크라우젤은 애써 외면한다.

그리고.

"십만대군 학살검."

무패의 힘을 만천하에 공개한다.

† † †

"이게 대체 무슨 일이야!"

S.A그룹 임직원으로 구성된 〈국가 대항전 운영팀〉에 비상이 걸렸다.

Satisfy 서버와 국가 대항전 서버는 별개로 운영되는바, Satisfy에 존재해야 할 드래곤이 국가 대항전에 출몰한다는 것은 있을 수 없는 일이었다. 한데 드래곤이, 그것도 가장 중요한 폐막전에 등장해 버린 것이다. 이해할 수 없는 상황이었고, 사태가 심각했다.

"무슨 일인지 당장 파악해!"

"예!"

팀장의 명령을 받든 직원들이 모든 변수를 조사하기 시작했다.

국가 대항전 운영팀은 S.A그룹 내의 엘리트로 구성되어 있었으므로 보고가 즉각적으로 쏟아졌다.

"본 서버에서 번헬리어가 사라졌습니다!"

"뭐……! 그럼 저게 본체란 말이야?"

"아니, 대체 어떻게?"

"원인을 찾았습니다! 크라우젤이 사용 중인 무기, +9진 백아도에 번헬리어를 소환하는 옵션이 귀속되어 있었습니다!"

"뭐!"

국가 대항전 서버가 Satisfy 서버와 별개라고는 하나, 국가 대항전 서버에 불러온 플레이어의 데이터는 진짜다.

불러온 데이터에 '번헬리어를 소환할 수 있다'는 확률이 존재하는 이상, 국가 대항전 서버에서도 그 확률이 발동할 가능성을 배제할 순 없는 것이었다.

"이런 미친! 일개 유저가 드래곤을 소환하는 아이템을 보유했다고?"

"크라우젤이 단독으로 레이드한 이력이 있는 〈약화된 대악마 드라시온〉의 드롭 아이템입니다!"

중앙 모니터에 떠오르는 정보에 의하면 〈백아도〉는 본래 진정한 위력과 기능이 봉인되어 있는 아이템이었다.

한데 어찌 된 영문인지, 크라우젤은 아이템의 봉인을 완벽하게 풀어 놓은 상태였다. 그 까닭에 번헬리어의 저주 옵션도 개방된 것이다.

"레전드리급 아이템의 봉인을 그가 무슨 수로 푼 거지? 또 히든 퀘스트라도 진행했나?"

"봉인 해제 퀘스트를 수행한 이력은 없습니다."

"현 상황에서 가장 높은 가능성은 파그마의 후예 그리드가 개입한 것이 아닐지……."

"또……! 또 그리드란 말인가!"

국가 대항전 운영팀 총책임자는 S.A그룹 본사의 서버 감사 이사〈니콜 케이지〉였다.

서버에서 만에 하나의 확률로 발생할 수도 있는 오류와 버그를 실시간으로 감시, 미연에 방지해야 하는 책임을 짊어진 그에게 있어서 그리드는 무척 골치 아픈 존재였다. 매번 플레이어의 범주를 넘어서는 변수를 만드는 그리드 탓에 그가 야근한 횟수만 해도 족히 수십 회였다.

한데 이제는 국가 대항전에서까지 저 지랄… 아니, 저 난리라고?

"저 얄미운 자식!"

쾅!

끓어오르는 화를 주체 못한 니콜 케이지가 체통도 잊고 책상을 후려쳤다. 얼굴을 대춧빛으로 물들인 그가 이를 가는 그때였다.

"이거 상황이 재미있게 됐구만."

"회장님……!"

운영팀 사무실에 초로의 신사가 찾아왔다. 슈퍼컴퓨터 모르페우스의 아버지이자 Satisfy의 제작자이며 S.A그룹의 창립자인 임철호 회장이었다.

간단하게 목례 후, 다시 각자 할 일에 열중하는 직원들을 격려해 준 그가 니콜 케이지의 앞으로 가서 앉았다.

"죄, 죄송합니다."

작금의 사태는 니콜 케이지의 잘못으로 발생한 것이 아니다. 사전에 선수들의 데이터를 확인한 관리팀의 책임이었고, 그리드가 원인이었다.

하지만 속사정이야 어찌 됐든 니콜 케이지는 국가 대항전 운영팀의 총책임자였다. 하필이면 폐막식을 망친 것에 대해서 핑계 따위 없이 일단 사죄하고 보았다.

그에게 임철호 회장이 허허 웃어 주었다.

"사죄할 상황이 아닌 것 같은데."

"……?"

니콜 케이지가 의아함을 느꼈다.

사상 초유의 사태로 폐막전을 망치게 생겼건만, 어찌 된 영문인지 임철호 회장의 태도가 썩 느긋한 까닭이었다.

임철호 회장이 말했다.

"이미 엎질러진 물인 것을 뭐 어쩌겠는가? 그보다 지금 주목해야 할 점은 따로 있네."

"그게 뭡니까?"

"자네, 번헬리어가 봉인에서 깨어난 지 얼마 안 된 것을 알고 있나?"

트렘펏이라는 마을이 있다. 사하란 제국에 멸망당한 테일러 왕국의 후손들이 살아가는 마을이었다. 그곳의 주민들이 부르는 민요에 '악룡, 500년 전의 영웅에게 봉인되다.'라는 구절이 있다.

여기서 말하는 악룡이 바로 번헬리어다.

트렘펏을 방문해 본 일부 플레이어들은 번헬리어가 봉인된 상태임을 알고 있었고, Satisfy의 세계관을 꿰뚫고 있는 S.A그룹 임원들은 그 번헬리어의 봉인이 최근에 풀렸다는 사실까지 알고 있었다.

"그리고 악룡 번헬리어는 광룡 네바르탄을 미치게 만든 원인 중 하나로 철천지원수지. 번헬리어의 봉인이 풀린 것을 감지한 네바르탄은 잠시 제정신으로 돌아와 있는 상태였어."

여기서부터 Satisfy의 세계관을 변혁시키는 에피소드가 진행될 예정이었다.

번헬리어에게 복수하고자 네바르탄은 세계 곳곳을 찾아 헤매게 되고, 급기야 두 용은 서대륙의 사하란 제국에서 재회하게 된다. 그리고 서대륙 전역을 무대로, 두 용은 몇 달에 걸친 긴 싸움을 펼칠 예정이었다.

이로 인해서 서대륙의 왕국 대부분이 소멸하고, 서대륙을 지배 중이던 인류의 수가 대폭 줄어들 운명이었다.

"인류를 대체할 이종족들이 대륙 표면에 등장해서 플레이어와 반목하거나 화합할 예정이었지."

하지만 본 서버에서 번헬리어가 사라져 버린 지금 이 순간.

"번헬리어의 기운을 감지할 수 없게 된 네바르탄이 간신히 유지하고 있던 이성의 끈을 놓쳐 버렸네. 혼란스러운 정신 속에 다시 또 어딘가로 숨어들었지. 본래 예정된 수순이었던 두 용의 전투가 무산된 것일세."

"말씀인즉……."

"그리드와 크라우젤 때문에 예정되어 있던 재앙과 변혁이 사라졌어."

"그, 그거 큰일 아닙니까?"

일개 유저 둘이서 수십억 인구가 즐기고 있는 게임의 세계관을 비틀어 버린 것이다.

참으로 심각한 문제다.

반드시 되돌려 놔야 한다.

이처럼 생각하는 니콜 케이지 이사였지만, 임철호 회장의 생각은 그와 정반대였다.

"아니, 되돌릴 수 없는 일일세. 운영진은 Satisfy의 흐름에 절대로 개입하지 않는다는 우리의 기본 정책을 잊은 겐가?"

운영진이 Satisfy에 개입해선 안 된다.

이와 같은 규칙이 만들어진 이유는 '또 다른 현실'이라는 Satisfy의 기본 설정을 잃지 않기 위해서였다.

만약 운영진이 Satisfy의 흐름에 개입하고 유저들을 강제한다면, 그것을 과연 또 다른 현실이라고 할 수 있을까?

Satisfy 유저들에게는 현실과 똑같은 자유도가 보장되어야만 했다. 회사가 그들의 운명에 개입하는 순간, 유저들은 Satisfy가 결국 게임이라는 사실을 자각하고 몰입감을 상실할지도 모를 일이다.

이는 임철호 회장이 Satisfy를 제작한 취지에서 어긋나는 결과였다.

"사태를 복구하겠답시고 이미 바뀐 운명을 되돌려 놓기 위해서는 우리가 일부 상황에 개입해야만 하는데, 그래선 안 되지."

"하지만 지금은 특수한 상황… 아니, 아닙니다."

반론하려던 니콜 케이지 이사가 고개를 저었다. 운영진이 개입해선 안 된다는 기본 조항, Satisfy의 무한한 흥행을 바라는 이사회에서도 반드시 지켜지길 원하는 조항이었기 때문이다.

또한 모르페우스가 설계한 에피소드가 정상적으로 진행되지 않았다고 해서 Satisfy의 전개에 실질적인 타격은 없었다.

모르페우스의 역할은 플레이어들이 보다 쾌적한 환경에서 다양한 재미를 느낄 수 있도록 유도하는 것.

모르페우스는 플레이어들이 기존의 국가 세력에 국한되지 않고 스스로 보다 다양한 세력을 만들게 유도함으로써 새로운 재미를 제공하고, 또한 이종족 에피소드를 해금함으로써 플레이어들이 다양한 종족을 선택하는 재미를 제공할 의도였겠지만, 이는 결국 언젠가 플레이어들 스스로도 개척할 수 있는 길이었다. 그 가능성을 시사한 인물이 바로 기존의 국가를 멸망시키고 새로운 국가를 세운 그리드다.

'급기야는 신(모르페우스)이 부여한 운명마저 거부하는가……'

모니터 속.

거대한 회색 용과 대치하고 선 크라우젤과 그리드. 매번 모르페우스의 예측을 벗어나 온 기적의 존재들을 바라보는 임철호 회장의 눈빛에 호감이 가득하다.

모두의 예상을 깨고 가상현실 세계를 구축하였던 자신과 저들에게 어딘가 비슷한 면이 있다고, 임철호 회장은 그렇게 생각했다.

"지금 당장 번헬리어의 정보를 공개하도록 하게."

"예? 대중에게 말입니까?"

"그래. 용의 출현을 이벤트로 받아들이게끔 유도하는 걸세."

Satisfy에서 드래곤은 신과 같은 존재다. 어쩌면 대다수의 플레이어들이 영영 드래곤과 조우하지 못할지도 모른다. 슈퍼컴퓨터 모르페우스가 수집한 정보에 따르면 여태까지 드래곤을 목도한 플레이어는 단 17명에 불과했다.

"별세계의 존재를 목도하는 경험, 두근거리지 않겠는가?"

위기는 곧 기회다.

대중에게 '드래곤의 등장이 대회를 망쳤다.'고 인식시키지 않고 '드래곤의 등장은 볼거리를 제공하기 위한 특별 이벤트였다.'라고 인식시킨다면, 그것은 도리어 긍정적인 결과를 유도할 수도 있었다.

"하지만 결승전을 처음부터 다시 진행하게 되면 의미가 없습니다. 준비된 이벤트가 아니라 주최 측의 실수라는 사실을 사람들이 눈치챌 겁니다."

"처음부터 다시 진행할 이유가 어디에 있지?"

"예……?"

"그리드와 크라우젤이 번헬리어에게 죽는 순간, 로그아웃시키지 말고 번헬리어의 둥지에서 다시 부활시키도록 하게. 그들이 번헬리어에게 죽는 과정을 '새로운 무대를 공개하기 위한 연출'로 포장하라는 말일세."

국가 대항전 서버가 Satisfy 서버와 별개라고는 하나, 모든 맵은 그대로 구현된 상태이다. 당연히 번헬리어의 둥지도 존재했다.

또한 운영진은 Satisfy에 개입하지 않는 반면 국가 대항전에는 이미 끊임없이 개입 중이었다. 해마다 거듭되는 규칙의 변경이 단편적인 예다.

"문제 될 건 아무것도 없어. 번헬리어의 등장은 대중에게 즐거움을 선사하기 위한 극적인 연출이었던 걸로 잘 마무리될 걸세."

올해의 PvP 결승전은 전보다 더 흥행하게 될 것이다.

확신하는 임철호 회장의 수완에 니콜 케이지는 그저 감탄할 따름이었다.

† † †

『드, 드래곤…….』

[사악한 악룡 번헬리어가 출몰하였습니다!]

이와 같은 메시지가 떠오름과 동시에 하늘을 가리고 등장한 괴생명체.

그 거대함에 압도당한 해설진과 관중들, 그리고 시청자들이 할 말을 잃었다.

아니, 생뚱맞게 왜 국가 대항전에서 드래곤이 출몰한단 말인가? 라는 의문은 둘째 치고 드래곤의 존재감 그 자체에 압도당한 것이다.

크롸라라라라라라!

거대한 주둥이를 벌린 번헬리어가 브레스를 쏘고 있었다.

마치 바다를 통째로 소환하는 것 같은 기세다.

푸른 브레스의 범위는 사자의 성 전역을 휩쓸 정도로 광범위했다. 일대 수 미터를 불태우는 비룡이나 본드래곤의 브레스와는 차원이 달랐다. 피하는 게 아예 불가능한 궁극의 광역기였다.

쿠르르르르르르르릉!

조금 전까지 존재했던 것이 맞는가? 라는 의문이 생길 정도로 순식간에 소멸하는 사자의 성.

"......"

관중들과 시청자들이 모두 벌어진 입을 다물지 못했다.

드래곤.

플레이어들이 최종 보스로 인식하고 있는 제1위 대악마 바알조차 압도한다는 전설의 산물.

그 위용, 전 세계를 공포와 침묵에 빠뜨리기에 손색이 없다.

이때.

[치명적인 피해를 입었습니다!]

[전설이 된 자는 쉽게 쓰러지지 않습니다. 생명력이 최소치로 고정되며 5초 동안 모든 공격에 저항합니다.]

번헬리어의 브레스에 휩쓸린 그리드는 '불사' 상태에 돌입해 있었고, 종횡무진을 사용해서 브레스를 회피한 크라우젤은 번헬리어의 대가리까지 상승해 있었다.

그 높이, 상공 30미터다.

논타깃 스킬을 회피함과 동시에 '대상에게 도달'하는 종횡무진의 효과를 이용해서 비행한 것이다.

"단죄 검!"

파직! 파지지직!

본래 그리드를 표적으로 삼아야 했던 검성의 궁극기.

은빛의 검기에 휩싸인 +9 진(眞) 백아도가 번헬리어의 미간을 향해 꽂히는 그때 마침.

[악룡 번헬리어의 정보가 공개됩니다.]

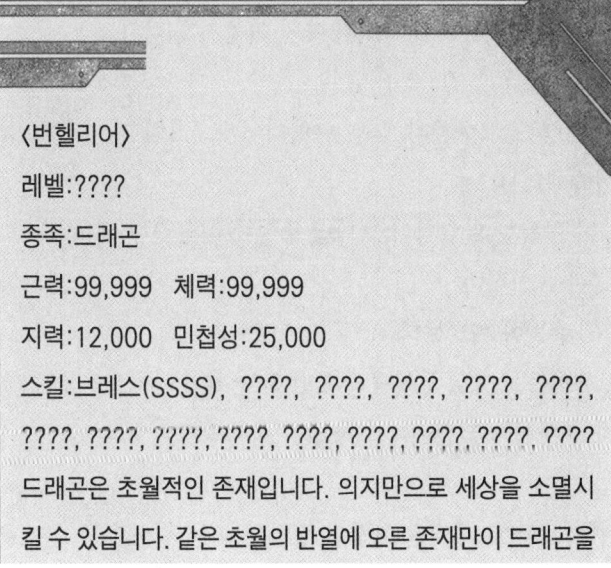

〈번헬리어〉
레벨:????
종족:드래곤
근력:99,999   체력:99,999
지력:12,000   민첩성:25,000
스킬:브레스(SSSS), ????, ????, ????, ????, ????, ????, ????, ????, ????, ????, ????, ????, ????, ????
드래곤은 초월적인 존재입니다. 의지만으로 세상을 소멸시킬 수 있습니다. 같은 초월의 반열에 오른 존재만이 드래곤을

위협할 수 있을 겁니다.

"뭐……!"

말도 안 되는 번헬리어의 상태창에 경악한 광중들이 침음했고.

푹-!

맹렬한 기세로 날아간 크라우젤의 검이 번헬리어의 미간을 꿰뚫고 있었다.

눈동자 크기만 해도 크라우젤의 몸체보다 거대한 번헬리어.

그 미간에 박힌 백아도가 마치 이쑤시개 같다.

그리고.

[검성 크라우젤이 악룡 번헬리어에게 1의 데미지를 입혔습니다!]

이 처참한 알림창이 모니터 중앙에 떠올랐다.

"아… 아아아……."

사람들이 깨닫는다.

자신들이 그토록 선망해 왔던 하늘 위의 하늘조차도 초월자 앞에서는 티끌이나 다름없는 존재임을.

『저게 바로 세계관 최강의 생명체……!』

『드래곤이라……. 상상보다 더 굉장하군요. 10년, 20년 후쯤에는 레이드할 수 있으려나요?』

『네임드 보스는 플레이어와 함께 성장합니다. 드래곤 레이드는 영영 불가능한 일이 되겠죠. 애초에 드래곤은 플레이이가 레이드하라고 만든 존재가 아닙니다.』

해설진의 말이 맞았다.

드래곤은 레이드 대상이 아니다.

이는 Satisfy 기본 설정집에 분명하게 명시되어 있는 사항이었다.

모두가 충격에 빠진 그때였다.

"……?"

"뭐지?"

갑자기 카메라가 그리드에게 집중됐다.

지상의 그리드, 몸에 두른 자색의 투기를 불태우고 있었다.

"십만대군."

"…엥?"

사람들의 뇌리로 〈그리드 중2병 영상〉이 스쳐 지나간다.

텐빨왕 그리드, 이처럼 위급한 상황에서도 중2병을 불태우는가?

"장난하나?"

"아니, 이 긴박한 상황에서 혼자 뭐 하는 짓거리야?"

"미쳤다, 미쳤어."

대체 무슨 장난질인지 모르겠다.

누군가는 그리드를 비난했고, 누군가는 어처구니가 없어서 혀만 내둘렀다.

그리고 그리드는.

"학살검."

무패의 힘을 공개했다.

펑-!

퍼퍼퍼퍼퍼퍼퍼퍼펑!

초당 30회 휘둘러지는 열망의 무아검.

흑적색의 검광이 허공에 아로새겨지더니 이내 번헬리어를 덮친다.

쿠와아아아아앙-!

십만대군 학살검으로 쏘아 낸 검기가 번헬리어와 충돌하는 순간, 그리드의 시야에 알림창이 떠올랐다.

[대상이 드래곤입니다.]

[영웅왕의 칭호 효과가 발동합니다!]

[초월의 반열에 오른 영웅왕의 투기가 드래곤을 위협합니다. 〈번헬리어〉의 〈절대 방어〉가 무력화됩니다.]

[대상에게 1,500의 피해를 입혔습니다.]

[대상에게 1,430의 피해를 입혔습니다.]

[대상에게 1,610의 피해를…….]

[대상에게 1,290의 피해를…….]

[…….]

[…….]

그롸라라라라라!

검기의 폭풍에 연타당하고 주춤거리는 번헬리어!

검성의 궁극기조차 무력화시켰던 거대한 용의 비늘에 조금씩 흠집이 생기자, 대중들이 커다란 충격에 휩싸였다.

"…딸꾹!"

급기야 관중석 곳곳에서 딸꾹질하는 사람들이 속출하기 시작했다.

37권에 계속

진정한 반열에 올라 갓게임으로 등극한 게임!
[아카식 월드]
세상을 내 것으로 만들고,
날 배신한 놈들을 씹어 먹어 주리라!
강준혁의 통쾌한 전진이 지금 바로 시작된다.

www.mayabook.co.kr

www.mayabook.co.kr

www.mayabook.co.kr

www.mayabook.co.kr